Tage mit Turmalin

Erzählungen

von

Ronja Potstawa

ToMa Edition

Bibliografische Information der Deutschen Nationalbibliothek:
Die Deutsche Nationalbibliothek verzeichnet diese Publikation in der Deutschen Nationalbibliografie; detaillierte bibliografische Daten sind im Internet über http://dnb.d-nb.de abrufbar.

Titelbild: Sven Roth
Lektorat: Raphael Milker

1. Auflage 2014
ISBN: 978-3-86196-430-8

Gedruckt in Polen

Oberer Schrannenplatz 2, D- 88131 Lindau

www.papierfresserchen.de
info@papierfresserchen.de

Prolog

Ich bildete es mir nicht ein, ich sah es, sah, wie ein Loch in meine Zimmerdecke brach und Wasser in den Raum einströmte, und ich wurde zu der Öffnung hochgerissen und schwamm hinaus. Ich hatte langes Wellenhaar und die Flosse einer Meerjungfrau und so saß ich auf einem Felsen inmitten des dunklen, aufbrausenden, tosenden Meeres und um mich herum tobte der Sturm.

Turmalin – 1. Teil

Der Stuhl wurde hart. Die Zeit zu lang, der Tag dehnte sich vor mir aus, unendlich verzerrt.

Ich lehnte mit dem Hinterkopf an der harten, kalten Wand im Hauptgebäude von Pucci Prints & Publishing. Meine Augen waren offen, das Halbdunkel noch viel zu hell für sie. Es war vollkommen still. Nein. Irgendwo eine Uhr. Metallisches, monotones Ticken.

Ich atmete aus.

Die Tür mir gegenüber wurde geöffnet, sie sprang mir förmlich entgegen, in mein Gesicht, in meine schmerzenden Augen. Eine Frau stand vor mir, eine Sekretärin vermutlich, Kostüm, Hornbrille, Hochsteckfrisur, der obligatorische Blick auf die Uhr, die den nahenden Feierabend nicht früh genug ankündigen konnte – all dies nahm ich wie im Zeitraffer wahr, in harter, greller Abfolge.

„Herr Ziemer?"

Ich nickte – das Gesicht der Sekretärin war seltsam verschoben, verzerrt, verschwommen. Aus der Perspektive geraten. Ihr Tonfall wurde ungeduldiger, schärfer, sie wartete auf meine Aufmerksamkeit.

„Sie können dann gehen. Man hat heute keine Zeit mehr für Sie. Melden Sie sich doch morgen noch einmal telefonisch im Hauptbüro, dann wird Ihnen ein neuer Termin zugeteilt."

Sie drehte sich auf den Absätzen ihrer glänzenden schwarzen Lackschuhe um und verließ mich schwungvoll, jeder Schritt schmerzte in meinen Ohren, bis sie das Ende des langen Korridors erreicht hatte, der sich gen Himmel zu winden schien und dort oben verschwand.

Ich nahm mein Manuskript in der Mappe mit zitternden Händen – waren es meine? Sie fühlten sich so taub und nutzlos an, nicht zugehörig zu meinem Körper in dem zu großen, schlecht sitzenden Anzug mit der ungeschickt gebundenen Krawatte – und erhob mich. Schwankend, mit der Hand an der Wand entlangstreifend. Eile war nicht nötig, es war ohnehin schon viel zu spät, ich hatte so viel verpasst ...

Das Orchester verbeugte sich gerade mit großer Geste, als ich in den Konzertsaal trat und die ersten Zuhörer drängten sich bereits an mir vorbei auf dem Weg zum Ausgang des Konzerthauses.

Ein leichter Schwindel überkam mich und mein Kopf schmerzte noch schlimmer. Die schlimmste Ohnmacht – ohne Macht zu sein – sie nahte, ich fühlte es. Schwankend ließ ich mich vom Strom der Menschen um mich herum mitziehen, zurück nach draußen, in die Kühle der Nacht. Laut war es, grell, zu viele Menschen, Wagen, Lärm, Gelächter verzerrt in meinen Ohren. Ich wankte durch ein Labyrinth mit schwimmenden Konturen, gesichtslosen Schemen und Licht und die Menschen umschlossen mich und wurden zu Monstern. Ich vergrub die zitternden Hände in meinen Manteltaschen, umklammerte mit den Fingern die schwarze Baumwolle und sehnte mich unwillkürlich in mein dunkles, stilles Appartement zurück. Meine Füße in den schwarzen Lederschuhen verloren sich in feuchtem Herbstgras. Gras? Gerade war es doch noch Asphalt ... Und endlich kam die Nacht und alles wurde dunkel um mich.

Was mich zurückbrachte, konnte ich nicht genauer definieren. Meine Augenlider flogen auf wie verlorene Vögel und tauchten ein in tiefes Grün, klar, pur, rein. Und doch verloren. Mein Unterbewusstsein ließ mich wissen, dass es sich um eine menschliche Iris handelte. Zwei Augen, die über mir schwebten. Dann eine Stimme.

„Ebenholz." Es war die einer Frau, jung vermutlich, so nah bei mir.

„Schneewittchen." Ich antwortete aus Reflex.

Sie schüttelte den Kopf. „Nein."

Ich wollte protestieren. Natürlich, ganz selbstverständlich waren Schneewittchens Haare Ebenholz nachempfunden. Doch alles in mir schien betäubt.

„Ihre Augen", erklärte die Unbekannte, „es sind Ihre Augen, die mich an Ebenholz erinnern." Endlich konnte ich ihr Gesicht klar vor mir sehen, ihre feinen Züge und das Einzige, worüber ich mir augenblicklich im Klaren war, war, dass sie ebenso wenig an diesen Ort gehörte wie ich selbst.

„Wie ist Ihr Name?“, fragte sie mich dann.

„Vegard Ziemer.“

„Wirklich?“ Ein zartes Lachen am Rande ihrer hellen Stimme.

Ich nickte heftig.

„Es passt aber zu Ihnen. Irgendwie.“

Erst jetzt wurde mir klar, dass ich auf einer Parkbank lag und sie neben mir saß, eine ihrer zierlichen Hände auf meiner Schulter ruhend. Sie konnte nicht älter als Anfang zwanzig sein.

„Und wie lautet Ihr Name, wenn ich fragen darf?“

Sie lächelte nur wortlos und zog mich an der Hand von der Bank hoch. „Geht es Ihnen besser?“

„Was ist denn mit mir passiert?“ Mein Gedächtnis wies deutliche Lücken auf.

„Ich war gerade aus dem Konzert gekommen, als ich Sie fallen sah. Sie stolperten über den Rasen und wurden ohnmächtig. Als niemand kam, um Ihnen zu helfen, brachte ich Sie hierher.“

„War es denn wenigstens schön?“

„Was denn?“ Sie betrachtete mich irritiert.

„Na, das Konzert. Ich wollte es mir eigentlich anhören, doch ich wurde anderweitig aufgehalten und kam zu spät.“

„Ach das, ja, es war wirklich schön, ein wenig zäh vielleicht, aber Brahms und Liszt sind nicht jedermanns Sache.“

Ich schwieg und erst jetzt fiel mir auf, wie kalt die Nacht war und was sie trug. Ihre ganze Gestalt schien zu strahlen; ihr glattes, blondes Haar hatte sich teilweise aus der Klammer gelöst, die es in ihrem Nacken zusammengehalten hatte, und fiel ihr spielerisch in das blasse Gesicht mit den feinen Zügen. Sie war mindestens einen Kopf kleiner als ich und trug ein Kleid, das eng an ihrer zarten Gestalt anlag. Sein Stoff war rosafarben, ein tiefes, strahlendes Rosarot.

„Sie frieren“, stellte ich fest und traf den Blick ihrer tiefgrünen Augen.

„Ich dachte, es wäre wärmer heute Abend.“ Eine zögerliche Antwort.

„Bei mir ist es immer kalt.“

Sie sah mich an, Fragen schienen in dem dunklen Grün zu liegen, doch sie stellte sie nicht. Sie räusperte sich leicht. „Wohnen Sie weit von hier?“, wollte sie dann wissen. Ich sah mich um. Einige Meter entfernt vor dem Konzerthaus stand mein Wagen. Verlassen und vereinsamt.

„Nein, eine kleine Autofahrt.“ Ich müsste einmal durch die ganze Stadt fahren, aber ich wollte sie nicht noch weiter aufhalten.

Sie berührte meinen Arm, ganz leicht, sodass ich ihre Finger kaum spürte, doch ich sah die feinen Härchen an ihren Armen; ihr musste sehr kalt sein.

„Wie geht es Ihnen jetzt?“

„Besser, danke.“ Ich war im Begriff, meinen Mantel abzustreifen und ihn ihr zu geben, doch sie winkte heftig ab.

„Nein, nein, kein Problem, lassen Sie mal, ich muss sowieso gehen, es ist schon viel zu spät. Freut mich sehr, dass es Ihnen wieder besser geht.“

Sie drehte sich um und war im Begriff zu gehen, doch ich näherte mich ihr und umfasste sanft ihren Arm. Sie schrak leicht zusammen, sodass ich ihn sofort losließ und einen Schritt zurücktrat.

„Warten Sie doch bitte, ich muss Ihnen doch sehr für meine Rettung danken und ich weiß nicht, ob wir uns noch einmal wiedersehen!“

„Sie schulden mir keinen Dank. Und hoffen ... wünschen Sie für uns beide, dass wir es nicht tun.“ Sie lächelte, doch ihr Lächeln schwankte und dann verließ sie mich so leicht, so flink wie eine Tänzerin und verschwand wie eine Vision, als hätte nur ich sie je gesehen und da ich ihren Namen nicht kannte, nannte ich sie Turmalin.

Ich fuhr durch strömenden Regen nach Hause, schloss die Tür auf, huschte ins Haus und – war allein. Ein stilles, dunkles Treppenhaus empfing mich. Ich suchte in meinem Sakko nach dem Schlüssel; das Flurlicht schien defekt zu sein. Über all dem Geklirr hätte ich fast etwas überhört, das plötzlich an mein Ohr drang. Ein Laut in der Dunkelheit. Ich spürte Panik in mir aufsteigen.

„Ist jemand hier? Wer sind Sie?“ Meine Worte klangen ebenso schwach und zittrig, wie meine Beine sich anfühlten. Ich tat einen vorsichtigen Schritt näher zu meiner Tür – und erstarrte.

„T... Turmalin!“

Dort stand sie tatsächlich, direkt vor meiner Tür, an das alte Holz gelehnt, ihr Haar schimmernd, ihre Augen glitzernd.

„Vegard, bitte, es tut mir so leid, ich wollte Sie nicht erschrecken, aber ich ...“ Und auf einmal weinte sie und ich stand vor ihr mit meinen zitternden Knien und meine Gedanken überschlugen sich.

„Aber nicht doch, was ...“, ich stockte, „was haben Sie denn?“ Sie weinte nur leise und sah mich an. Ich trat die wenigen Schritte auf sie zu, die uns voneinander getrennt hatten, und berührte ihre Schulter. Vorsichtig, zart. Sie trug noch immer ihr Kleid und meine Fingerkuppen strichen über unbedeckte, kühle Haut.

„Kann ich bei Ihnen bleiben?“ Ihre Stimme war nicht mehr als ein Flüstern und sie wirkte so schmal und zart, dass etwas in mir zerbrach. Ich hörte förmlich das Zerbersten einer Eisfläche, deren Existenz mir nie bewusst gewesen war.

„Können Sie nicht nach Hause gehen?“

Sie schüttelte heftig den Kopf, schluchzte und schlug beide Hände vor ihr schönes Gesicht. Ich berührte ihre Hände leicht, um sie wegzunehmen, damit ich ihr in die Augen sehen konnte.

„Was ist passiert?“, fragte ich dann leise und fing ihren tränenverhangenen Blick ein. Es lag so viel Schmerz in ihm, dass ich meine Augen schon fast abgewandt hätte, so unerträglich war es, sie anzusehen.

„Ich kann es nicht ... nicht sagen, wirklich nicht, ich ...“ Sie brach ab und sah mich nur an und langsam kehrte das Rauschen des Regens vor den Fenstern zurück und wir in das kühle Treppenhaus mitten in der Nacht und alles wurde klar.

„Kommen Sie“, sagte ich, schloss meine Wohnungstür auf und ging hinein. Sie folgte mir langsam und schweigend bis in mein Wohnzimmer, in dem wir einander gegenüberstanden und nur der rauschende Regen die Stille füllte.

„Schön haben Sie es hier“, sagte sie dann leise, „wirklich schön.“

Sie stand vor mir, wischte sich mit den Fingern in einer leichten Geste die Tränen von ihrem liebreizenden Gesicht und ich betrachtete sie. Sie musste es bemerkt haben, denn sie traf meinen Blick und Verlegenheit mischte sich in das tiefe Grün ihrer Augen.

„Es tut mir leid, vielleicht sollte ich doch lieber gehen“, sagte sie dann und sah mich an. Ich räusperte mich, um aus meiner seltsamen Starre zu treten, die mich befallen hatte und mich wie ein Schraubstock umgriffen hielt, seitdem ich sie in meinem dunklen Korridor angetroffen hatte.

„Nein, nein, wenn Sie sagen, Sie können nicht in Ihr Zuhause, dann brauchen Sie ein anderes ... einen anderen Aufenthaltsort, meine ich." Meine Stimme wurde leiser und rauer, als ich sprach, und meine Unsicherheit schien sich durch den gesamten Raum zu winden wie eine zischende Schlange, die ihre giftige Zunge nach der meinen ausstreckte.

Sie lächelte mich durch ihre Tränen an und wartete. Als ich schwieg und sie nur ansah, sprach sie für mich.

„Wo ... darf ich ... kann ich ... denn schlafen?" Ihre Frage war leise und ihr Blick wanderte durch mein karg möbliertes und doch vollgestelltes Wohnzimmer, auf mein Sofa mit dem dunkelgrauen Bezug, die hölzernen Bücherregale, gefüllt bis an die Zimmerdecke, den alten Fernseher, die Lampen; eine lange Reise vollzog dieser Blick, bis er wieder bei mir angelangt war.

„Nun, Sie können gern mein Bett verwenden, es wäre komfortabler als das Sofa und bequemer als mein Küchenstuhl", erwiderte ich und wies mit der Hand in Richtung Schlafzimmer. „Es ist gleich nebenan."

Sie folgte meiner ausgestreckten Hand und warf einen Blick in mein ebenso spärlich möbliertes Schlafzimmer: mein sorgfältig gemachtes Bett, Kleiderschrank, Beistelltisch mit Stehlampe. Und alles aus dunklem Holz.

„Das ist doch nicht nötig, ich kann ruhig das Sofa nehmen, ich meine, wenn ich doch sowieso schon hier eindringe, so unangemeldet und spät ..." Sie fuhr sich durch das helle Haar, während sie sprach, und sah mich verlegen an, was meine Unsicherheit mit einem Schlag verfliegen ließ.

„Nein, das ist völlig in Ordnung", antwortete ich.

„Und wo schlafen Sie? Auf dem Sofa?"

„Ich schlafe heute Nacht nicht. Ich ... werde schreiben, denke ich."

„Oh, sind Sie Autor?"

„Nun, ja. Zumindest versuche ich, einer zu sein."

Sie betrachtete mich. Unausgesprochene Fragen lagen unverkennbar in ihrem tiefen Blick, Fragen, die ich jetzt nicht beantworten würde. Sie wusste das und stellte sie deshalb nicht, sondern nickte nur.

„Ich danke Ihnen."

„Nicht dafür, Turmalin."

Sie zog ihre Schuhe aus und stellte sie vor meine Eingangstür, dann ging sie barfuß über den langen Korridor in mein Schlafzimmer, nein, sie tänzelte lautlos über das dunkle Parkett, denn sie lief auf den Ballen blasser kleiner Füße wie eine Tänzerin. Sie zog die Bettdecke bis unter ihr blasses Kinn und betrachtete mich, als ich im Eingang des Zimmers stand, die Klinke in der Hand.

„Entschuldigen Sie?"

„Ja?"

„Was ist Turmalin?"

„Was meinen Sie?"

„Na, den Namen, mit dem Sie mich vorhin angesprochen haben. Was ist das?"

Ich zögerte und sah in ihr schönes Gesicht, das mir aus dem Halbdunkel neugierig entgegenblickte.

„Ein Edelstein", antwortete ich dann schließlich leise. „Ein sehr schöner Edelstein, der viele Farben besitzen kann. Doch als ich Sie sah, dachte ich an ein besonders seltenes Exemplar, eine bestimmte Färbung. Seine Oberfläche ist grün, sein Inneres rosarot."

Für einige Sekunden herrschte Stille. Dann fragte sie: „Warum ein Edelstein?"

„Weil Sie funkeln, Turmalin."

Vielleicht trogen mich meine Augen in dem unklaren Halbdunkel, doch ich glaubte, Tränen in ihrem Blick erkennen zu können, als sie mich anlächelte. Und auf einmal überkam mich das ganz und gar unerwartete Gefühl, sie schon einmal in dieser Wohnung gesehen zu haben, als würde sie dazugehören, schon immer, und wir hatten es nur beide nicht gewusst.

Ich wandte mich gerade um, um zu gehen, als ich ihre Stimme so leise und doch kristallklar erneut vernahm.

„Möchten Sie nicht vielleicht hierbleiben?" Ihre Worte klangen so zögerlich, so unsicher und zart.

„Was meinen Sie bitte?"

„Ob Sie nicht vielleicht hier schreiben möchten?" Ihre Augen betrachteten mich noch immer aus dem Halbdunkel, als ich mich wieder zu ihr umdrehte. Sie wirkte so klein und schmal in dem schwachen Lichtschein, der vom Korridor her hineindrang und ihr helles Haar zum Leuchten brachte.

Ich räusperte mich leicht.

„Nun, aber das Licht, das ich dafür benötigen würde ... würde es Sie nicht stören?"

„Oh, nein, nein, das macht wirklich gar nichts, ehrlich."

Meine Überzeugung, allein im Wohnzimmer zu schreiben, wankte mit jedem Augenblick, mit dem ich weiter in ihre glitzernden Augen sah.

„Wenn ich Sie auch wirklich nicht störe ..."

Ich beobachtete, wie sie sich mit ihrem blassen Handrücken leicht über die Wange strich, bevor sie so leise und kaum hörbar erwiderte: „Ich wäre jetzt nicht so gern allein."

Jedes ihrer Worte schien tief in mich einzudringen und stach ebenso tief in die entlegensten Winkel meines Herzens und ich konnte nur atemlos flüsternd antworten: „Sorgen Sie sich nicht, ich hole nur noch Stift und Papier." Damit entschwand ich in mein Arbeitszimmer, verschaffte mir das Nötigste, löschte alle übrigen Lichter und kehrte zu ihr zurück.

Sie lag noch immer in exakt derselben Position in meinem Bett und sah mich leicht lächelnd an, als ich mich in vernünftiger Distanz zu ihr auf das Bett setze, die Lampe auf dem Nachttisch anknipste, mein Notizbuch auf meinen Knien ausbreitete und anschließend meinen Federhalter öffnete.

„Danke." Wieder nicht mehr als ein zartes Flüstern.

„Oh bitte, Turmalin."

Das brachte sie erneut zum Lächeln und sie betrachtete mich, den Kopf auf eines meiner Kopfkissen gebettet. Ihr helles Haar verdeckte fast gänzlich das graue Textil und ihre Hand lag so nahe bei mir auf der Decke.

„Worüber schreiben Sie denn eigentlich?" Ihre Worte waren nun von Müdigkeit durchtränkt.

Ich seufzte leise. „Um ehrlich zu sein, weiß ich es nie ganz genau.

Mir fehlt die letzte, bedeutende Inspiration. Aber vielleicht wird es um eine Begegnung gehen ..."

Ich verlor mich in meinen Sätzen, und als ich wieder zu ihr sah, erblickte ich ein wunderschönes Gesicht in friedvollem Schlaf.

Ich zückte den Stift und die Worte flossen von allein und füllten Seite um Seite, als hätte eine bedeutendere Macht den Stift an meiner statt ergriffen.

Die Wölfe

Sie rennen über den moosig grünen Waldboden. Sie streunen herrenlos. Mit fast grotesker Leichtigkeit trotz ihrer massigen, muskulösen Körper stürmen sie durch das Laub, dort ist niemand, der sie führt, und niemand, der sie leitet.

Sie müssten schwer sein, doch sie sind es nicht. Sie leiten sich selbst. Zu einem Ort, der wie ein Relikt scheint aus einer vergangenen Zeit, längst bedeutungslos im Strom des großen Rahmens, der uns umschließt und uns eindringlich mit tiefer, sonorer Stimme das Heute in die gespitzten Ohren raunt.

Der Rahmen weitet sich wie der Wald zu einer Lichtung, mehr Licht wartet auf die Wölfe. Den Grund kennen sie nicht; die Bäume sind zu hoch. Doch sie haben es nicht im Sinn zu fragen; sie tun, wozu sie gekommen sind. Wozu sie geboren sind.

Nicht die scharfen Steine, nicht die glatte, feuchte Erde, nicht die beißenden Lichtstrahlen, nicht die Geräusche dessen, was sie nicht kennen, nicht kennen können – nichts hält sie auf. Nichts hält sie im Rahmen.

Sie brechen aus, immer wieder, sie entgleiten dem Rahmen, der sie nicht mehr hält und nicht mehr halten kann. Der Rahmen fällt auseinander, die Wölfe kontrollieren ihn. Sie halten seine Stangen mit dem Griff scharfer Zähne, blitzend wie gewetzte Messer. Sie zerteilen die Stangen, reißen sie entzwei.

Dann bedecken sie die Reste dessen, was sie einst gehalten hat, mit ihren großen, geschickten Pfoten, die Krallen umschließen flink das dünne Material. Sie schlagen ihre Zähne hinein, immer wieder, bis sie es gebrochen haben. Ihre gierigen Zungen fischen die Einzelteile aus ihrem Zahnfleisch.

Bis sie gänzlich gebrochen haben, was sie einst fest- und ferngehalten hat. Von dem, was sich dort draußen verbirgt. Außerhalb des

Rahmens. Mit zufriedener Zunge lecken sie sich über die Zähne. Sie haben ihr Werk vorerst vollendet.

Sie strömen nun zu allen Seiten aus der Lichtung heraus, aus dem lichtbeschienenen Ort mit den Resten des Rahmens, verloren auf dem moosigen Grund verstreut. Sie strömen in die Tiefen des Waldes, die sie nie kannten, in leichtfüßigerem Lauf, fast schwebend, wie von einer Last befreit.

Und während sie rennen, fahren sie sich mit der Zunge über die scharfen Zähne und schlucken alle Reste des Rahmens.

Zurück auf der Lichtung bleiben die Schafe, im alten Rahmen. Sie lassen sich leiten und führen.

Doch sie wetzen ihre Zähne in der Dunkelheit der Wälder und kehren zu der Lichtung zurück ohne Gebiss. Der Rahmen, der sie hält, kennt die Wahrheit nicht:

Die bösesten Wölfe waren noch immer die Schafe.

Marie

Ich wollte das Bewusstsein schnellstmöglich verlieren, doch mein Kopf war so hellwach und ich schien so in diesem Moment gefangen zu sein, dass ich meinen festen Griff über die vorüberziehenden Sekunden nicht lösen konnte, als ich mich hinlegte und die weiche Bettdecke über meine erschöpften, geschwächten Glieder zog.

Meine unbedeckten Arme lagen auf der Decke und ich merkte, wie ich die Bettkante mit einem Zeigefinger gedankenlos entlangstrich, sie ohne Ziel betrachtete.

Es war ein schwacher Versuch, mich von der Hoffnung abzulenken, dem Wunsch, dem einen Verlangen, das mein Herz umklammert hielt.

Mein Zimmer war gedämpft beleuchtet in der Dunkelheit der Nacht – fast dem frühen Morgen – sanft getränkt in Mondlicht, das durch meine halbgeschlossenen Rollläden schien. Ich konnte es nicht ertragen, sie gänzlich zu schließen. Nie, falls ...

Das war der Augenblick, in dem ich ihn endlich sah.

Dort saß er, nur höchstens zwei Meter entfernt von mir in meinem Schreibtischstuhl, mich betrachtend.

Als mein Blick den seinen traf, zeigte sich ein leichtes Lächeln auf seinen Lippen. Ich konnte es trotz des Halbdunkels so klar sehen, als wären wir umgeben von hellem Tageslicht. Doch vielleicht war ich auch nur sehr sicher, dass er lächelte. Vielleicht war es nur meine bloße, pure, reine, egoistische Sicherheit, dass es ihn freute, mich zu sehen ...

Er musste bemerkt haben, dass ich kurz davor war, etwas zu sagen, denn er legte einen Finger an seine Lippen und hielt meine ungeschickten Worte auf. Natürlich hatte er sie bereits gewusst.

Es gelang mir, sie zurückzuhalten und mich für eine gefühlte Ewigkeit zusammenzunehmen, eine Ewigkeit, die kein Ende zu haben und so unerträglich viel länger schien als die wenigen Minuten, die sie tatsächlich angedauert hatte, bis ich es nicht mehr aushalten konnte und es aus mir herausbrach, in atemlosem Flüstern.

„Ich freue mich so sehr, dass du hier bist. Ich brauche dich hier, so sehr ... einfach nur, dass du hier bist ... ich habe es mir so sehr gewünscht ... dass du einfach hier bei mir bist ... nur du ..."

Meine Brust bebte mit diesen verzweifelten Worten und mir wurde klar, dass sie es niemals vermögen würden, die Intensität meines Bedürfnisses nach ihm und all die Freude auszudrücken, das Verlangen, ihn einfach hier bei mir zu sehen und die unglaubliche Erleichterung, die seine Gegenwart in mir auslöste. Als meine Worte aufgehört hatten, Sinn zu ergeben, schluckte ich und kontrollierte meinen Atem, während meine Augen nie die seinen verließen.

Die Angst, dass er wie eine Vision einfach verschwimmen und verschwinden könnte, in dem Moment, in dem ich seinen Blick verlor, war so intensiv, dass ich mir den Schmerz noch nicht einmal vorzustellen wagte.

„Ich weiß", antwortete er, beruhigte mich mit seiner leisen, ruhigen, geduldigen Stimme, ein so reiner, purer Ton, der mich leicht erschaudern ließ.

„Du weißt ... alles, was ich ... alles?" Meine flüsternde Stimme brach weg.

„Ich weiß es alles, Marie, ich weiß."

Ich fühlte, wie eine einzelne Träne meine erhitzte Wange hinabrann und bevor ich sie wegwischen konnte, hatte er schnell, in einer einzigen stillen Bewegung, den Abstand zwischen uns genommen und sich neben mir niedergekniet und strich, nach einem Moment des Zögerns, als warte er auf meine Erlaubnis, mit einer Fingerspitze über meine Haut, eine Berührung so sanft wie die einer Feder, fast nicht zu spüren.

„Du solltest mich nicht so sehr brauchen", sagte er dann und sein Blick war so zärtlich, dass ich wegsehen musste, als ein Ansturm von Schuld neue Tränen in meine Augen zu bringen drohte.

„Nein, nein", er schüttelte langsam den Kopf, „fühle dich nicht schuldig, Marie. Bitte. Ich bin hier. Du weißt das. Ich habe dir gesagt, dass ich hier sein würde. Und es ist wahr. Glaubst du es? Glaubst du mir?"

Ich biss mir auf die Lippen und nickte und streckte vorsichtig die Hand aus, um die seinige mit meiner zu umschließen, fühlte mich so klein in meiner Suche nach Beruhigung, nach ihm.

Und er zog sie nicht weg. Ihn zu berühren, ließ eine intensive Welle der Wärme durch meine Seele strömen und brachte ein Lächeln auf meine angespannten Lippen und ich zeigte es ihm, gänzlich unbedeckt. Und als er es erwiderte, konnte ich den Mann in ihm sehen und seine Liebe.

Die Werkstatt

Wir fuhren an diesem Sonntagnachmittag durch die verregnete kleine Stadt unter grauem, wolkenschwerem Himmel bis zur Werkstatt, stiegen aus und gingen hinein.

Um all die alten Wagen und Motorräder war es still; der Geruch von Benzin und Diesel so vertraut, der Boden leicht staubig, vereinzelte Neonröhren, vielmehr alte Glühlampen, kleine Leuchtfeuer in der regnerischen Dämmerung, die von draußen sanft hineinsickerte.

Sie wandte mir den Rücken zu und schwieg, ebenso wie ich. Das einzige Geräusch, das die Stille zwischen uns füllte, war unser Atmen.

Ich holte tief Luft, konnte fast hören, wie ihre vollen Lippen sich zu einem Lächeln formten und ihre weißen Zähne entblößten, die sich wählerisch nicht jedem zeigten. Und endlich zog sie die Klammer aus ihrem Haar. Es war keine Klammer, es war ein Stift. Augenblicklich brachen sich ihre hellen Haare ungezähmt Bahn. Jede einzelne feine Strähne befreit vom Zwang des Stiftes, der sie gehalten hatte.

Ich wusste, dass sie noch immer lächelte, auch wenn ich ihr Gesicht nicht sah.

Die vielen hellen Strähnen bäumten sich auch gegen ihren groben Schal auf, revoltierten gegen die miteinander verwobenen Baumwollfasern in diesem dunklen Tannengrün, das sich auch in ihren klaren Augen wiederfand.

Ich schob meine Fingerspitzen vorsichtig unter das grobe Textil, ohne ihre Haut darunter zu berühren. Dann ließ ich meine Hände wieder sinken, bis sie sich wieder zu beiden Seiten meines Körpers befanden.

Noch immer war nur unser Atem zu hören, ihrer und meiner.

Ich hätte ewig so hinter ihr stehen können, so nah zu ihr und doch so fern, ihren ruhigen, gleichmäßigen Atemzügen lauschend, dem Lebenspuls, gegen die meine eigenen so laut und grob klangen.

Doch in dem Moment, als ich mich in meiner stillen Haltung fast festgefroren fühlte, drehte sie sich zu mir um, so schnell, dass ich nur ein Meer aus hellem Haar und Grün sah, nahm meine kühlen Hände und führte sie zu ihren schmalen Schultern, bis sie leicht auf ihnen lagen, ohne sie zu beschweren.

Ich fühlte das Blut stärker und schneller durch meine Adern fließen, als meine so einfachen Fingerkuppen ihre Haut berührten. Sie wartete einen Moment lang, ihr Blick traf meine Augen, wie um meine Reaktion zu erkennen, in ihnen zu lesen, was sie schon wusste.

Dann legte sie ihre zarten Hände auf die meinen, die noch immer auf ihren Schultern lagen, und ihre zierlichen Fingerspitzen drückten die Oberflächen meiner Hände, meine grobe Haut mit den hervorstehenden Sehnen. Sie sah mir unentwegt mit demselben Gesichtsausdruck in die Augen.

Ich spürte, wie sich meine Mundwinkel hoben. Und endlich einmal lächelte ich.

Mit ihr als Grund.

Und wir verließen die Werkstatt und wussten, dass wir immer wiederkommen würden.

Lukrezia

Ihr Vater vernahm ihre Worte, geschrien, doch kristallklar: „Du hast Monster aus uns allen gemacht! Was bin ich also, vor dir auf dem Boden kniend, geräuschlos über den eisigen Grund kriechend, vor all deiner Güte und Perfektion?"

Als der Vater gegangen und sie mit ihm allein im Zimmer war, sprach sie den Versprochenen an, war so nah bei ihm, dass es nur eines zarten Flüsterns bedurfte, eines Flüsterns, das ein Zeuge vielleicht für Liebeszungen hätte halten können: „Nimm mich dorthin mit, wo auch immer du mich haben willst, du sollst mich haben. Ich bin dazu verdammt, so dauerhaft wie der Sand und so flüssig zu sein wie das Wasser, getrübt und bewegt und verführt von jeder noch so leichten Brise, der schwächsten Berührung durch streichenden Wind. Es gelingt mir nicht, mich standfest zu halten – wie gut für dich. Und dennoch ist es schlimm für dich, denn es kann auch kein anderer tun. Fühle die Kälte dieses Messers auf deiner Haut, wie es sie so schwach zum Zittern zu bringen vermag, und behalte es immer in deinen Gedanken, so klar wie in Stein gemeißelt, wach oder schlafend: Wenn es wirklich so ist, dass ich mich selbst verloren habe, dann wird mich auch niemand je finden. Und mich einsperren. Nimm meine Worte als Siegel meiner Schande."

Und der Versprochene floh noch in der Nacht und wurde dafür bestraft, dass er diese Lukrezia in Freiheit leben lassen wollte und ihr Siegel brannte noch immer auf seiner Haut, als er zum letzten Mal tief einatmete.

Drei Männer vor der „Goldenen Gondel“

Es waren drei Männer vor dem Restaurant „Die goldene Gondel“ postiert.

Der erste fingerte in diesem Moment eine Zigarette aus der Tasche seiner Lederjacke hervor, der zweite zündete sich mit einem Streichholz eine an und der dritte verzog angewidert das Gesicht aufgrund des nun aufsteigenden Rauches.

Sie wussten allesamt, weshalb sie hier waren. Doch sie kannten einander nicht.

Ab und an warfen sie sich gegenseitig skeptische Blicke zu, sahen zögerlich unter dichten Augenbrauen hervor, um die jeweils anderen möglichst im Verborgenen betrachten zu können.

Am Seiteneingang des Restaurants öffnete sich eine kleine Tür und jemand trat heraus, auf die postierten Herren zu.

„Warum seid ihr gekommen?“, fragte die fremde Person sie nun, die Stimme so leise und dunkel, dass keine weitere definitive Aussage über sie getroffen werden konnte.

„Das weißt du doch selbst am besten“, raunzte der zweite Mann zwischen zwei Zigarettenzügen und sah auf den Boden.

„Wenn das so ist, könnt ihr auch gern wieder gehen“, erwiderte die fremde Person.

„Wenn es doch so einfach wäre“, seufzte der dritte der Männer und hustete.

„Stell dich nicht so an!“, brummte der erste Mann den dritten an.

„Was soll ich denn machen?“, klagte der.

„Durch die Nase atmen.“

Die fremde Person hatte diesen Dialog fassungslos mit angehört und übernahm nun wieder das Wort.

„Ihr könnt dann jetzt wirklich gehen.“

Die Männer sahen sich an – die Augen des dritten tränten schon vor Rauch – und schüttelten ihre Köpfe.

„So einfach ist das nicht."

„Hört zu, Herrschaften: Wenn mein Chef euch hier herumlungern sieht, passiert was."

Der zweite schaute interessiert. „Was denn?"

„Oh bitte!", rief die fremde Person und rang ihre Hände, warf sie in die Luft.

„Wir sind auch keine Herrschaften, möchte ich sagen", sprach der dritte Mann entrüstet.

„Ach ja? Wer auch immer ihr seid, ihr seltsamen Kreaturen in Lederjacken, geht!"

Die Person hatte inzwischen die Geduld für diese merkwürdige Versammlung verloren.

„Wir können nicht gehen. Wir sind du."

Die Person starrte nur.

„Ja, wirklich. Drei Versionen von dir", bekräftigte der dritte Mann und nickte heftig dazu.

„Welche willst du sein?", brummte der zweite zur Frage.

„Kann ich mir das denn aussuchen?", fragte die Person perplex.

Die Männer stießen sich gegenseitig mit den Ellenbogen an und lachten.

„Ob er sich das aussuchen kann, na der ist ja mal lustig. Wer denn sonst? Sollen wir dir etwa sagen, wer du sein wirst?", spottete der zweite Mann.

„Wir sind kein Orakel", stellte der erste murmelnd klar, während er nach einer weiteren Zigarette kramte.

„Kannst du das mal lassen, das nervt", fuhr der zweite ihn an und die zwei starrten einander feindselig in die Augen.

„Hört doch beide einfach auf, dann sind alle zufrieden", äußerte der dritte.

„Frieden – wie langweilig."

Die fremde Person räusperte sich und betrachtete die drei Männer. Kein Orakel also. Aber was dann?

„Wenn ich euch sage, wen ich nehme, könnt ihr dann gehen?"

Der erste schaute misstrauisch, wägte die Frage ab.

„Entscheidungen zwischen Tür und Angel ..."

„Machen nichts als Bange“, kicherte der dritte Mann, wurde aber sofort vom zweiten mit dem Ellenbogen in die Seite gestoßen.

„Das hat sich nicht gereimt, du Trottel.“

„Bitte sehr, Herrschaften!“ Die Person wollte Ordnung einbringen.

„Ich habe keine Zeit mehr für derlei Dialoge. Ich werde jetzt hineingehen, zu meinem Chef, und ihr könnt machen, was ihr wollt.“

„Wirklich?“, fragte der dritte interessiert.

„Na klar.“

„Er macht sich gar keine Gedanken, oder?“, fragte der dritte dann die anderen beiden.

„Nee“, erwiderte der erste gewohnt lässig.

„Ein Glückspilz bist du“, antwortete der zweite, trat auf die Person zu und tippte ihr mit einem Zeigefinger auf die Brust.

„Dann ziehen wir nun also von dannen. Aber wir kommen wieder, Glückspilz.“

Und damit verschwanden die drei Männer zögerlich, aber streitend durch die Seitentür in die „Goldene Gondel“.

„Wartet mal, da drinnen ist Rauchverbot …“, rief die Person noch hinter ihnen her, als aus dem Inneren des Restaurants ein schriller Schrei ertönte.

Eskapismus

Eine leere Tafel, die Sitzreihen vor mir voller Menschen, ich kannte sie alle und wusste doch nicht, wer sie waren.

Der Professor, im Abschied begriffen, zuvorderst. Ich wollte nur weg, weg, weg.

Mein Blick schweifte zur Tür und dort stand er und ich sah die Antwort auf Fragen, die ich nie gestellt hatte, in seinen Augen und ich erhob mich. Niemand schien es zu bemerken – alle gingen hinter mir hinaus – und ich gelangte bei diesem Mann an. Ich wusste sofort, wer er war und kannte seinen Namen.

Er hatte mir bei unserem letzten – einzigen persönlichen – Treffen gesagt, er würde wiederkommen und ich hatte gewartet, gewartet, gewartet und doch nicht mit seiner Ankunft gerechnet. So unerwartet.

Ein heftiger Strom wärmender Freude durchfuhr mich und ich sah nichts mehr außer ihm und er ergriff meine Hand und wir rannten.

Hinaus, auf regennassem Teer, Verkehr und Lichter fern von uns, er zog mich vorwärts und ich folgte, ohne zu fragen, wohin der Weg uns führte – er wusste es und ich würde es früh genug erfahren. Wie konnte ich irgendetwas infrage stellen, wenn ich mich so sicher fühlte mit meiner Hand in der seinen und wenn ich spürte, was nur eines sein konnte – so etwas wie Liebe.

Und er zog mich weiter, dort ein Abgrund, dunkel unter mir zwischen zwei Straßen. Ich zögerte und er sah mich an, ohne die geringste Sorge, sein dunkles Haar in Wellen auf seinen Schultern, sein weißes Hemd ebenso strahlend wie seine Augen in der Dunkelheit, und sprang mit mir darüber und wir liefen weiter.

An einer Stelle neben einem Baum blieb ich auf einmal stehen. Er drehte sich zu mir um und dieses ungeahnte Gefühl durchströmte mich erneut in aller Stärke. Ich gestand es ihm so ungeschickt, wie ich eben war – ich konnte ihm nicht einmal direkt in die viel zu schönen Augen sehen – und er lachte nur so zart und so entwaffnend über meine Verlegenheit, machte sie dadurch überflüssig, strich mir eine verwirrte Haarsträhne aus dem Gesicht und umhüllte mich mit seinem Lächeln.

Es wurde auf einmal hell und wir saßen an der Theke einer Bar und vor mir die Kellnerin, ein Mädchen, so alt wie ich, die mich ansah mit diesem seltsamen Ausdruck aus Neid und Mitleid. Ich wollte sie noch nach den Gründen fragen, doch dann fand ich mich an einem Swimmingpool wieder, mit meinen Füßen im kühlen Wasser baumelnd, er neben mir im weißen Hemd, mir etwas ins Ohr flüsternd – ich hörte nicht die Worte und verstand sie doch und kicherte und lachte und fühlte mich so sicher, seltsam leicht, verführerisch, so jung, mein langes Haar in der warmen Brise wehend ...

Doch er hatte mir signalisiert, dass wir fort müssten, und so lief ich mit ihm, schneller und schneller, die Zeit lief uns davon, vor uns her und wir mussten das Ziel rechtzeitig erreichen, das wusste ich, doch was war unser Ziel? Ich hatte noch immer nicht gefragt und es interessierte mich auch nicht mehr, solange er mit mir ging und mich mitnahm zu seinem Ort.

Auf einmal perlte Sorge vom Puls unter seiner Haut zu meinem ab und etwas war zwischen uns. Meine Sicht verschwamm und ich schien nirgendwo zu sein – zumindest sah ich es nicht – und dort war die Grenze und ich hatte seine Hand doch so fest gehalten und sie immer in der meinen behalten wollen und spürte noch all die Liebe, den Drang, bei ihm zu bleiben, so stark, so heftig wie noch nie zuvor ... so sehr, dass mir Tränen in die Augen traten ... und ich wachte ohne ihn auf.

Clarissa

Ich musste weg. Weg von diesen Adern, von diesem Mann, von seinem Blut.

Ich spürte, wie ich zu zittern begann. Erst meine Hände, dann meine Arme, dann brach das Zittern sich durch meinen ganzen Körper Bahn.

„Ist alles in Ordnung bei dir?" Seine Stimme drang zu mir wie aus weiter Ferne, die Worte entstammten nicht einem, sondern zwei Mündern.

Ich sah bereits doppelt.

Ohne länger zu warten, drehte ich mich um, wobei ich heftig schwankte, und stolperte den Gang entlang, mit einer Hand die raue Wand berührend, um möglichst aufrecht zu gehen, zur Damentoilette. Ich sammelte meine letzten Kräfte, um die Tür aufzustoßen und sie hinter mir fest zuzuschlagen.

Ich konnte mich kaum noch auf den Beinen halten, stützte mich mit den Händen gegen das Waschbecken und lehnte mich darüber. Alles in mir schien sich zu drehen. Meine Gedanken waren von einer einzigen Sache beherrscht. Von Blut.

Meine Gedanken kreisten wild um die Phiole in meiner Hosentasche. Das Innere des Waschbeckens verschwamm langsam vor meinen Augen und ich sah wie in einem Wunschtraum, einer Vision, wie das dunkle Blut aus der Glasflasche meine sehnsüchtige Kehle hinabrann.

Plötzlich gaben meine Knie nach und alles wurde schwarz.

Clarissas ohnehin helles Gesicht war blass wie die Wände um uns herum, als sie heftig schwankend in die Damentoilette stolperte und die Tür geräuschvoll ins Schloss fiel. Einige Sekunden lang stand ich weiterhin regungslos auf dem Gang, entschied mich dann aber, dass ich genauso gut in meinem Büro auf sie warten könnte.

Ich bin eigentlich eher der geduldige Typ. Dennoch ertappte ich mich dabei, wie ich mit jeder weiteren Minute, die ohne ihre Rückkehr verstrich, während ich ziemlich planlos Dokumente von einer Ablage in die andere schob, nervöser wurde. Vielleicht lag es daran, wie sie ausgesehen hatte, als sie gegangen war. Vielleicht war es aber auch der Blick ihrer dunklen Augen gewesen, das Zittern ihrer sonst so ruhigen, selbstbewussten Stimme ...

Bevor ich weiter über den genauen Grund meiner Reaktion nachsinnen konnte, fand ich mich bereits vor der Tür der Damentoilette wieder.

Ich hielt den Atem an und klopfte. Leise.

Keine Reaktion jenseits des massiven Mahagonis. Ich klopfte noch einmal. Lauter.

Wieder keine Reaktion jenseits der Tür.

Ich rief ihren Namen, schlug nun fast gegen das Holz. Als darauf noch immer keine Antwort folgte, zählte ich langsam bis zehn, atmete aus und öffnete die Tür zu dem Raum, von dem ich nie erwartet hätte, ihn jemals zu betreten.

Was meine Augen erblickten, bestätigte die Vorahnung, von deren Existenz ich nichts gewusst hatte und deren Erfüllung gleichzeitig meine schlimmste Befürchtung gewesen war.

Clarissa stand nicht vor dem Waschbecken. Sie lag davor. Auf den weißen Bodenfliesen. Auf dem Rücken, das Gesicht zum Boden hin gewandt.

Ich hörte das Knallen der Tür. Ich roch ihn. Meine Sinne sind nie ganz taub, besonders dann nicht, wenn ich hungrig bin.

„Oh mein Gott!“, rief ich und eilte auf sie zu, kniete mich neben sie auf den kalten, harten Fliesenboden. „Was ist passiert?“

Clarissa sah mich nicht an, ignorierte meine Gegenwart vollkommen. Ich ergriff ihre zierliche Schulter und es gelang mir endlich, sie mit dem Gesicht zu mir zu drehen. Sie sagte meinen Namen, so leise, dass ich ihn kaum verstand.

„Ja, ich bin hier."

Sie sah furchtbar blass aus.

„Geh", sagte sie dann mit ihrer schwachen Stimme, wollte sich von mir wegdrehen.

„Nein, du brauchst Hilfe, was hast du?"

„Geh weg!" Ihre Stimme war erstaunlich beherrscht dabei.

„Nein, nicht bevor ich weiß, was mit dir los ist!"

„Du musst gehen, ich werde dich verletzen und das will ich nicht." In ihren dunklen Augen stand auf einmal Angst, gefärbt von einer Verzweiflung, die mir gänzlich unbekannt war.

„Ich verstehe nicht!", erwiderte ich perplex.

„Du kannst es nicht, du musst gehen, wirklich, du musst!"

„Nein, ich werde jetzt nicht gehen!" Ich hatte das lauter und bestimmter gerufen als beabsichtigt und sie starrte mich an.

Doch, er musste jetzt gehen, ich konnte für nichts mehr garantieren, mein Hunger übernahm immer mehr die Kontrolle und ließ mich schwächer werden. In nur wenigen Minuten würde ich ihn beißen, ich wusste es und konnte es nicht verhindern. Seine Arme waren so nah und in ihnen seine Adern, sein Blut. Ich hatte keine Wahl mehr.

„Was brauchst du? Lass mich dir irgendwie helfen!" Ich flehte sie förmlich an, meine Hilflosigkeit übermannte mich. Ich bin kein Mann für Ausnahmesituationen und der Erste-Hilfe-Kurs war mir nur noch dunkel in Erinnerung.

Auf einmal bemerkte ich, wie sie meine Arme ansah, sie betrachtete, so seltsam sorgfältig und fokussiert. Also schob ich eine Hand unter ihren Rücken und setzte sie halb auf, damit sie sich gegen mich lehnen konnte. Ihr Blick verharrte auf meinem rechten Arm, mit dem ich sie festhielt.

„Was hast du?", fragte ich sie, obwohl sich währenddessen etwas in mir regte, eine Idee, eine vollkommen absurde Idee ...

„Ich bin ... ich brauche ...", sie stockte, brach den Satz ab.

„Ja?", fragte ich ungeduldig.

„Blut, dein Blut", antwortete sie kaum hörbar und mein Herz stolperte und setzte einen Schlag aus.

„Was?!" Ich hatte sogar recht gehabt mit der absurden Idee.

„Ich bin ..."

„Ja, ich kann es mir denken." Mir wurde langsam schlecht.

„Deshalb musst du jetzt gehen, wirklich, du musst gehen, gehen ..." Ihre Worte verloren sich, sie wurde immer schwächer.

„Nein! Ich werde nicht gehen!"

„Aber ich ... du ..."

Ich begann, meinen rechten Hemdärmel hochzurollen, meine Finger zitterten wie Espenlaub, obwohl ich versuchte, sie still zu halten.

Clarissa legte eine blasse Hand auf die meine und sah mich an. „Nein, ich kann das nicht", sagte sie und stieß mich weg, wich zurück.

Es war unmöglich, all die Emotionen zu beschreiben, die in diesem tiefen Dunkelbraun verborgen waren.

„Doch, du kannst und du musst!", erwiderte ich laut. Ihre Hand rutschte von mir weg. Ich wusste, dass ich handeln musste, meine Ansicht, mein Schmerz zählte jetzt nicht. Und so hielt ich, bevor ich es mir hätte anders überlegen können, meinen bloßen Arm leicht zitternd vor ihr Gesicht, hielt sie mit dem linken Arm fest gegen meinen Oberkörper, um ihr Halt zu geben, und führte meinen rechten Arm zu ihrem Mund. Dann begann der Schmerz.

Ich trank in tiefen Zügen und fühlte, wie ich von Minute zu Minute stärker wurde. Er war selbst ziemlich stark und ich versuchte, seinen Schmerz zu nehmen, sodass er bei Bewusstsein blieb und keinen Laut von sich gab, bis ich schließlich aufhörte.

„Besser?“, fragte er dann, sichtlich mitgenommen, doch mit fester Stimme. Ich nickte und half ihm aufzustehen. Dann nahm ich ihn an der Hand – er hatte noch nicht vollständig die Orientierung wiedererlangt – und tupfte mit einem Tuch das restliche Blut von seinem Arm. Ich hatte zum Glück sauber gebissen – Hemd und Hose waren komplett intakt. Ich fühlte seinen nebligen Blick auf mir, doch ich erwiderte ihn nicht.

„Jetzt dürfte niemand etwas bemerken“, sagte ich dann leise und sah zu Boden.

„Okay.“

Wir schwiegen.

„Sollen wir zurückgehen?“, fragte er mich dann zögerlich.

Ich nickte und er wandte sich zur Tür. Er schwankte nicht mehr.

„Warte bitte!“, sagte ich und er blieb stehen. „Danke, ich weiß nicht, was passiert wäre ohne dich, ich weiß nicht, wieso du all das für mich getan hast, aber ich danke dir.“

Er drehte sich wieder um. „Du brauchtest Hilfe und ich konnte helfen.“

„Aber das hätte nicht jeder für mich getan.“

Ein unsicheres Lächeln huschte über sein angespanntes Gesicht. „Nein, vermutlich nicht.“ Dann ging er.

Ich läutete die Türklingel, doch niemand antwortete.

Ich klingelte noch einmal und begann, mich unwohl zu fühlen. Wer wusste, was sie gerade tat, vielleicht war sie überhaupt nicht zu Hause, war ausgegangen, etwas trinken ... Ich schluckte unweigerlich bei diesem Gedanken. Vielleicht schlief sie auch einfach zu tief, wenn sie überhaupt schlief ...

So viele unbeantwortete Fragen, so viele, die noch zu stellen waren. Wir mussten miteinander reden, ich wusste das und vielleicht konnte ich ihr das verständlich machen ... wenn sie doch nur die Tür öffnen würde, bevor ich in dieser kühlen Herbstnacht davor Wurzeln schlug.

Ich klingelte ein drittes Mal und bemerkte dann, dass die Tür nur angelehnt war. Zögerlich betrat ich die Wohnung, leise, schleichend.

Plötzlich kam ich mir dumm dabei vor, mich an einen Vampir heranzuschleichen. Ich konnte es noch immer nicht glauben, konnte dieses Bild von ihr als normale Person nicht mit jenem verknüpfen, das sich mir in der Damentoilette offenbart hatte. So war sie einfach nicht, sie war nicht diese dunkle, gewalttätige Persönlichkeit ... ich hörte ein Geräusch, es war Musik, die aus einem Raum drang, der anscheinend das Wohnzimmer war.

Ich näherte mich der geschlossenen Tür, atmete tief ein und betrat den unbekannten Raum. Ungefähr vierzehn Augenpaare starrten mich in diesem Moment an. Ich ließ meinen Blick über die Menge wandern, nach dem einen Augenpaar suchend, das ich kannte. Und dort schließlich fand ich es, in der Mitte des großen Raumes.

Clarissa, auf der Couch sitzend, die langen scharfen Zähne vergraben im Hals eines unbekannten Mannes, nahm anscheinend keine Notiz von meinem Eintreffen. Ich konnte sie nur ungläubig anstarren. Schock und Schreck hatten einen kalten Schauer durch mich fließen lassen, der mich kurzzeitig lähmte.

Auf einmal tippte irgendeine der Beteiligten an Clarissas Schulter, als müsste man sie aus einem tiefen Traum aufwecken und sie aus der eigenartigen und ganz und gar absonderlichen Trance holen, in die sie gefallen war. Wie Hypnose.

Und dann sah sie auf, direkt in meine Augen. Und ließ sofort los, wen auch immer sie gerade gebissen hatte. Schock füllte ihre schönen dunklen Augen und sie begann hastig, die Spuren des Blutes um ihren Mund mit dem Ärmel ihrer Bluse wegzuwischen, starrte mich dabei die ganze Zeit an. Dann stand sie langsam und vorsichtig von der Couch auf, als wollte sie mich nicht erschrecken und sagte:

„William, bitte, ich kann das erklären, ich ...“

Das war der Moment, in dem ich aus der fremden Wohnung rannte und nicht zurücksah. Ich hörte ihre Schritte hinter mir, aber sie ließen mich nur noch schneller laufen, weg von dem Haus, weg von ihr.

„Warte bitte, William, warte!“, rief sie. Wir befanden uns bereits auf der dunklen Straße; Regen strömte vom schwarzen Himmel herab. Als ich nicht anhielt, schrie sie: „Will, bitte, Will!“ Ich hatte noch nie so viel Verzweiflung in einer Stimme vernommen und ich konnte nicht anders, als stehen zu bleiben wie eingefroren.

Sie hörte auf zu rennen und näherte sich mir in ihrem unnatürlich – unmenschlich – schnellen, geschmeidigen Gang.

„Bitte, Will, lass es mich dir erklären!"

„Ich brauche keine Erklärung von dir, ich verstehe schon, was das da eben war."

„Nein, das tust du nicht. Bitte, sieh mich an!"

Ich drehte mich um, sah ihr in das viel zu schöne Gesicht. Ich spürte förmlich, wie meine Enttäuschung und Verletzung von meinen hellen Augen tropfte und sich mit dem endlosen Regen vermischte.

„Will, das war nicht, wofür du es gehalten hast, sie standen plötzlich auf meiner Türschwelle und ich konnte nicht ..."

„Widerstehen?"

„Ablehnen. Ich konnte sie nicht wegschicken, ich kannte sie doch nicht einmal persönlich."

„Wenn du diese ganzen Leute nicht einmal kennst, warum kannst du ihnen nicht einfach die Tür vor der Nase zuschlagen?" Ich verstand es nicht und mein Ton war schärfer als beabsichtigt.

Sie sog scharf die Nachtluft ein und antwortete: „Es ist kompliziert, es gibt so viel, das du nicht weißt ..."

„Über dich?"

„Über Vampire. Wir sind eine abgeschirmte, isolierte Gemeinschaft, wir hängen alle irgendwie zusammen, wir sind abhängig von der Diskretion der anderen und der ständigen Geheimhaltung. Wir müssen allesamt ein Doppelleben führen, jeder Einzelne von uns ist zerrissen zwischen der dunklen und der Menschenwelt und da ist so vieles, was wir jeden einzelnen Tag unterdrücken müssen und du ..." Sie stockte und schluckte. „Du hast bisher nur eine Seite von mir kennengelernt."

„Das stimmt nicht und das weißt du." Ich hielt den kleinen Glasbehälter in die Höhe, den ich am Tag nach dieser unsäglichen Episode in der Damentoilette auf dem Boden gefunden hatte. „Ist das, wofür ich es halte?"

„Oh mein Gott, wo hast du das gefunden?" Sie war offenbar schockiert.

„Das weißt du genauso gut wie ich, also lüge mich bitte nicht an. Als ich dich mein Blut habe trinken lassen, hast du es überhaupt gebraucht?“ Ich starrte sie an und spürte, wie die Wut mich kalt durchfuhr.

„Wie kannst du mich das fragen, du hast doch gesehen, dass ich fast gestorben wäre?“

„Ich glaube dir, dass du fast gestorben wärst, aber was ich nicht glaube, ist, dass mein Blut der einzige Weg war, dich zu retten.“

„Du denkst, ich lüge dich an?“

„Ich denke, du hast mich hereingelegt. Du hattest dieses Fläschchen voller Blut bei dir und hast es dennoch nicht getrunken – warum?“ Ich wollte es wirklich verstehen.

„Weil ich länger warten, mich selbst auf die Probe stellen und sehen wollte, wie lang ich es in einem normalen Leben ohne Blut aushalten würde.“

„Nein, das wolltest du nicht!“ Ich konnte die Wut nicht länger unterdrücken. „Du wolltest mich auf die Probe stellen, herausfinden, ob ich dich mich beißen lassen und dein Leben retten würde!“

„Nein! Ich gebe zu, dass ich dein Blut trinken wollte, aber das war nur, weil ...“

„Ich will es gar nicht hören! Du hast mich hereingelegt, aber das Schlimmste ist, dass ich hierhergekommen bin, um dir etwas zu sagen, und ich habe nun das Gefühl, dass ich es einfach nicht mehr tun kann, nach all dem, was ich dort drinnen gesehen habe.“ Ich zeigte zu dem Haus hinter uns.

„Was du gerade gesehen hast, das war nicht ich! Das war nur dieser eine Teil von mir, den ich nie jemand anderen als die Vampire sehen lasse. Das war nicht ich, das war die Kreatur in mir, nicht ich selbst!“

„Aber das da drinnen warst du, niemand anderes. Was hat dieser Kerl für dich bedeutet, war er ein Spielzeug, mit dem du nur gespielt hast, so wie mit mir?“

„Nein! Er ist ein Spender, er macht das ganz freiwillig, er verdient sogar Geld damit. Er ist nicht du; da waren keinerlei Gefühle, mit dir war es so anders ...“

Ich hielt meine Hand hoch und unterbrach sie. „Weißt du, ich bin hierhergekommen, um dir etwas Wichtiges zu sagen. Und diese komische Glasflasche und selbst, dass du mich hereingelegt hast, könnte mich nicht davon abhalten, es auszusprechen, aber was ich dort drinnen gesehen habe, kann es. Es fühlte sich vorher so richtig an, doch nun tut es das einfach nicht mehr."

„Was ist es?", flüsterte Clarissa nun, als würde ich es nicht herausrücken, wenn sie lauter sprach, und ihre schönen Augen hatten sich mit Tränen gefüllt. Ich holte noch einmal tief Luft.

„Ich ... mag dich mehr als jede andere Person auf dieser Welt. Ich habe dir mein Blut gegeben, als ich dachte, du würdest sterben, weil ich Gefühle für dich habe, Clarissa. Ich habe dich vom ersten Augenblick an geliebt. Doch jetzt ..." Ich stockte und sie nutzte meine Stille, ergriff meine Hand so sacht.

„Genau das ist der Grund, warum ich dein Blut trinken wollte, weil ich dich auch liebe, William. Nichts zwischen uns muss sich ändern!" Sie sprach diese Worte so flehentlich, dass sie fast meine Meinung geändert hätten und schmerzten, als gravierte sie sie mit einer scharfen Klinge in mein Herz. Ich zwang mich zu meinen nächsten Worten.

„Aber ich kann ... so nicht mit dir zusammen sein. Ich kann es nicht, es tut mir leid. Bitte vergib mir!"

Dann drehte ich mich hastig um und lief zu meinem Auto, das ich an der anderen Straßenseite geparkt hatte, stieg hinein und fuhr schnellstmöglich in die Regennacht davon.

Ich rief seinen Namen, so laut ich konnte und schrie ihm hinterher, bis sich meine Tränen mit dem Regen vermischten, die Nacht vorüberging und die Morgendämmerung kam.

Er hatte mich angerufen, Wochen danach.

Ich hatte seinen Namen auf meinem Handydisplay für eine Vision gehalten, eine Vision voller Schmerz und das vergessene Herz in meiner Brust, das ich nicht brauchte, war vor unterdrückter Emotion fast implodiert.

Nun endlich war er hier, dort, wo er mich zurückgelassen hatte in jener Nacht.

Jetzt war es Tag, früher Abend, eine warme Brise umspielte meine offenen Haare. Ich wollte so normal wie irgend möglich aussehen, doch als er einparkte und sich mir langsam und vorsichtig näherte, vergaß ich all meine Vorsätze und lief ihm entgegen, anscheinend zu weit, denn er hielt eine Hand hoch, um mich davon abzuhalten, ihm in selbstvergessener Emotion um den Hals zu fallen.

„Bitte", seine leise Stimme war noch schöner als in meiner Erinnerung. „Bitte lass es uns langsam beginnen, ja?"

Ich nickte heftig. An mir sollte es nicht scheitern. Nicht noch einmal, nie wieder.

Er atmete ein und sagte die Worte dann so schnell, so hastig, dass ich augenblicklich wusste, wie lange er sie sich in seinem Geiste zurechtgelegt haben musste, um sie in diesem Moment aussprechen zu können.

„Ich liebe dich, Clarissa. Wenn die Dinge nicht so wären, wie sie sind, wäre ich nie gegangen. Niemals. Ich habe viel – ständig – darüber nachgedacht, wie das funktionieren kann. Ich weiß es nicht, Clarissa. Ich möchte nur, dass du mich verstehen kannst: Ich will nicht ewig leben, ich möchte nicht für immer da sein, auf ewig existieren. Ich möchte irgendwann gehen können. Das werde ich nie können, wenn du mich zu dem machst, was du bist, damit wir zusammen sein können."

Nach seiner langen Rede schöpfte er tief Atem und sah mich mit all seiner Ehrlichkeit an.

Ich zögerte keinen Moment zu antworten: „Ich liebe dich auch, William. Und ich kann verstehen, was du mir erklärst und ich danke dir für all deine Ehrlichkeit. Aber das ist kein Grund, wegzuwerfen, was uns verbindet."

„Aber verstehst du denn nicht, was ich dir sagen will: Ich will nicht ewig leben!" Verzweiflung trat in seine schwankende Stimme.

Ich trat näher zu ihm; endlich wich er nicht mehr zurück. „Wer hat denn gesagt, dass jemand wie ich ewig leben muss?"

Dann riss ich mit einem Ruck meine Ärmel nach oben und offenbarte all die Silberriemen, die meine Arme eng umschlossen und sich in meine blasse Haut zu bohren drohten.

Nun wich er doch zurück und starrte schockiert auf meine Arme. „Was hast du getan?"

„Ich bringe mich langsam um. Silber, reines Gift für Geschöpfe wie mich. So funktioniert der Tod für mich und meinesgleichen." Die Wunden, die das Silber zu hinterlassen begann, schmerzten und ich verzog unweigerlich das Gesicht.

„Hör auf damit!" Er schrie mich förmlich an und zerrte und zog an den Riemen, was mir nur noch mehr wehtat.

Ich starrte ihm nur in das schockierte Gesicht und erwiderte: „Ich werde mich nicht von ihnen lösen lassen, bis sie dich davon überzeugt haben, dass kein Leben ewig ist, auch nicht das meine."

„Lass diesen Unsinn! Sag mir, wie ich sie öffnen kann, schnell!"

„Warum? Ich will, dass du es siehst. Wenn das hier alles ist, was uns voneinander entfernt, dann sollst du sehen, dass dieses Problem nicht existiert."

Jedes Wort schmerzte. Ich sank auf meine Knie.

„Clarissa, bitte! Lass mich sie öffnen!" Er kniete neben mir, flehte.

„Nicht, bis du mir gesagt hast, was ich hören will", raunte ich und meine Sicht verschwamm.

„Schon gut, schon gut, ich weiß es, ich weiß es!"

„Sag es", stieß ich hervor.

„Wir können sterben!" Er rief es laut heraus.

Ich lächelte schwach und nickte. „Endlich hast du es begriffen. Hier ist der Schlüssel." Ich zog ihn aus meiner Hosentasche und drückte ihn ihm in die Hand. Er schloss hastig die Riemen auf, zerrte sie von meinen Armen und ließ sie zu Boden fallen. Ich atmete auf und er zog mich in seine Arme, die so viel wärmer waren als meine.

„Clarissa!" Die Erleichterung seiner Worte ließ mich nur wieder lächeln. „Du bist wahnsinnig, tue das nie wieder!"

„Nein, werde ich nicht, du hast es ja verstanden", erwiderte ich und grinste ihn an, als er seine Umarmung löste, um mir wieder in die Augen sehen zu können.

„Das habe ich. Aber du bist trotzdem verrückt", lachte er und betrachtete mich aufmerksam. „Du wirst mir einiges beibringen müssen."

„Das wird mir schon gelingen. Du musst dich nur immer an diesen einen Moment erinnern, ihn immer im Gedächtnis behalten."

Dann brachte ich meine Lippen nah an sein Ohr und flüsterte: „Willst du es wirklich?"

„Natürlich."

„In Ordnung. Denke bitte an etwas Schönes, denke an mich."

Dann senkte ich meine Zähne so sanft wie möglich in seinen Hals.

Magie der kleinen Dinge

Ich beobachte sie immer von meinem kleinen Balkon aus.

Ich stehe dann an das Geländer gelehnt, das so dünn und doch stabil genug ist, mich vor dem Fallen in die Häuserschluchten zu bewahren.

Manchmal, an manchen Abenden – ich sehe sie nur am Abend – halte ich dann ein Weinglas in der Hand oder einfach ein Glas Wasser. Doch ich achte ohnehin nicht darauf.

Denn eigentlich ist jedes Glas ein Vorwand, ein Grund, spätabends auf dem Balkon zu stehen, wenn die Sonne längst unter- und der Mond aufgegangen ist und der Tag endet. Die Nacht jedoch hat noch nicht begonnen, wenn ich zu dieser besonderen Zeit auf meinem kleinen Balkon stehe.

Ich beobachte ihre Routine. Eine Routine – für gewöhnlich ist sie eintönig, langweilig, sperrig, vorhersehbar.

Doch seit ich sie beobachte, weiß ich das Wesen der Routine ganz anders zu bewerten. Es hängt davon ab, wer sie ausführt.

Lässt sich der Mensch von ihr leiten, wird sie unweigerlich zu jener ungeliebten Form der Routine, die mir schon viel zu oft begegnet ist.

Doch wenn der Mensch die Routine leitet, sie führt, wenn er sie verändern kann, akzentuiert, dann wird sie zu dem, was ich Magie nennen möchte.

Ich beobachte ihre Routine, jeden einzelnen Schritt, mit dem Glas als Vorwand für Nachbarn. Und für sie natürlich, doch für sie braucht es keinen Vorwand.

Sie betritt ihr Schlafzimmer in einem langen Hausmantel, weich und locker um ihre unbedeckten Beine fallend. Sie geht zur Kommode, nimmt ihre Halskette ab, ihren Talisman, führt ihn sanft zu ihren Lippen, legt ihn dann vorsichtig hin und dreht sich um. Danach geht sie zum Bücherregal, nimmt ein Buch heraus, das sie sich auf den Nachttisch legt. Ihr Blick schweift zum Fenster, manchmal sieht sie hinaus. Anschließend hängt sie ihren Mantel an den Pfosten am Kopfende des Bettes und legt sich in einem schönen Nachtkleid, das sie sanft umhüllt, in das Bett.

Sie zieht die Bettdecke mit dem floralen Muster bis an ihr blasses Kinn, liest ein wenig, beugt sich zum Nachttisch und löscht schließlich das Licht.

Und ich komme wieder an auf meinem kleinen Balkon, von fern Klaviermusik, doch die Luft ist kühl und mein dunkles Hemd Spielgefährte des Nachtwinds. Obwohl ich fröstele, lasse ich doch die langen Ärmel aufgekrempelt.

Und während ich an jenem Tag ein letztes Mal zu ihrem dunklen Fenster sehe – ich weiß, dass sie nun schläft – und dann in meine helle Wohnung, fasse ich einen Entschluss. Das erste Lächeln des ganzen Tages spielt mit meinen nachtkühlen Lippen, als ich das Glas, das ich zum Vorwand nutze, abstelle und den Grund für dieses eine Lächeln weiß, jeden Abend leuchtend wie ein Rubin:

Ihre Routine ist es, die mich wärmt. Es ist ihr selbstvergessenes Lächeln, das auf meinen Lippen liegt – nun auf unseren beiden Lippen.

Denn es ist Magie.

Mrs Draper

Die Nacht fiel bereits dunkel über die Stadt, als ich am Balkongeländer stand. Lehnte.

Meine unbedeckten Füße wurden langsam kalt und auch der dünne, fast hauchzarte Bolero gab meine Schultern dem Abendwind preis, sodass sich die feinen Härchen auf meinen Armen aufstellten. Mein Blick wanderte ziellos umher, bis er die hohen Wohnzimmerfenster meines Nachbarn schräg gegenüber traf. Wie zufällig.

Eine runde Stehlampe tauchte jenen fremden Raum in orangewarmes Licht, so vertraut ... und dann sah ich ihn, den Nachbarn.

Sein Finger – ein bloßer Schemen, und doch war ich mich ihrer so sicher – verweilte auf dem obersten Knopf seines hellen Hemdes, als seine Augen die meinen trafen. Wie zufällig.

Ich wandte den Blick so hastig ab, dass Sterne vor meinen Augen zu tanzen begannen und mir fiel auf einmal der noch immer eingeschaltete Fernseher im Wohnzimmer wieder ein – ein Nachrichtensprecher, so leise erzählend von all dem Elend direkt vor der Haustür und doch so weit weg ...

Ich schlich auf Zehenspitzen hinein, schaltete ihn aus und ließ das Zimmer in seiner eigenen Stille verharren. Als ich wieder an das Geländer hinaustrat, ertappte ich mich bei einem erneuten Blick hinüber – es war so nah, ich konnte nicht anders – und er war noch immer dort.

Meine Gedanken huschten zurück zu der Person, die wenige Meter von mir entfernt in meinem Schlafzimmer lag – derjenige, dem ich nur eine Freude hatte bereiten wollen und der mich gleichgültig zurückgewiesen und alles Organisierte für unnötig erklärt hatte.

Es war mir so wichtig gewesen, für ihn und für mich, er war mir so wichtig, ich brauchte ihn so sehr und ich war mir so sicher in allem, was ihn betraf und er hatte mir nie Grund zum Zweifeln gegeben – es war vielleicht einfach ein schlechter Abend gewesen, seltsame Gäste, so viele, die nur versteckt zum Ausdruck hatten bringen wollen, wie wenig sie von ihm hielten.

Doch all dies konnte nichts an ihm und mir ändern und diese Gewissheit ließ etwas von mir abfallen, etwas Schweres. Ich fühlte mich leicht und all meine Sinne, wie von einem vorübergehenden Schlaf erweckt, regten sich und ich spürte, wie ich zu einer perlweißen Feder wurde, die mein Inneres war.

Ich sah wieder hoch und dort stand noch immer der Nachbar und lächelte mich an, als hätte auch er es bemerkt, gefühlt, gespürt, was in mir vorgegangen war. Ich bemerkte, dass sein helles Hemd nun vollständig aufgeknöpft war, und lächelte zurück und wusste, dass etwas tief in meinem Blick liegen musste. Ich ließ meine kühlen Finger am Geländer spielen, löste mich von ihm und drehte eine kleine Pirouette, nur eine einzige, eine kleine. Als ich seinen Blick wieder traf, lachte er und schüttelte den Kopf und ich glaubte, in seinen Augen ein Versprechen lesen zu können. Es legte sich auf meine Seele, tief in das Innerste hinein, das noch immer eine Feder war, und breitete sich sanft aus, in warmem rotem Wachs.

Die Kathedrale

Ich rannte an seiner Seite durch die menschenleere Stadt der Nacht, über verlassene Plätze und durch dunkle Gassen, versuchte den ganzen langen Weg auf dem tropfnassen Steinpflaster, nicht über meine eigenen Füße zu stolpern, da er sich neben mir, vor mir, so viel eleganter, katzengleich bewegte und in atemlosem Lauf so lebendig schien und als er irgendwann, als ich drohte, hinzufallen, meine Hand nahm, spürte ich die Energie durch seine Adern pulsieren, die ihn weitertreiben würde, bis zum Ziel.

Mein Atem ging schwer, doch ich hielt mit und dachte gerade noch an den Regen, der den ganzen Tag gefallen war und nun zum Glück aufgehört hatte, als wir auch schon um die entscheidende Gassenecke bogen, er meinen Arm noch fester umklammerte und endlich vor uns, im schier endlos weiten Hof der verlassenen, untergegangenen Stadt unser Ziel vor meinen vom kühlen Wind tränenden Augen auftauchte: die Kathedrale.

Wir standen auf der glatten Brüstung eines Gebäudes, das wie eine Schule wirkte, und sahen von oben auf sie herab, wenige Zentimeter vor uns der Abgrund. Und wir blickten Seite an Seite die Kuppel der Kathedrale an, ungeheuer groß im blauen Schimmer der Nacht; jeder von uns schien gerade so groß wie ein einziger ihrer unzähligen Dachziegel.

Doch diese Dachziegel waren selbst kaum sichtbar; sie waren überwuchert von Efeu und wilden Gräsern, die sich gierig um den schönen Stein schlangen und ihn zu verschlucken drohten. Die Kathedrale machte den Eindruck, als würde sie langsam untergehen, Hand in Hand mit der gesamten Stadt, doch sie hielt sich, trotz der offensichtlichen Überwucherung, und oben auf dem Scheitelpunkt der Kuppel glänzte ein vergessener Wetterhahn, der sich im Nachtwind drehte. Ich glaubte, seine glitzernden Augen erkennen zu können, und wollte gerade selbstvergessen einen Schritt tun, um auf sie zuzugehen und sie näher zu betrachten, als er mich heftig zurückriss.

„Dafür sind wir nicht hier!", vernahm ich seine forsche Stimme an meinem Ohr.

Ich erinnerte mich dennoch nicht, weshalb wir hier waren, der Anblick all dieser verlorenen Schönheit hatte mich allzu sehr gefangen genommen und wir standen nach wie vor in derselben Haltung auf der Brüstung und die Erinnerung war noch immer nicht zurückgekehrt, als der Schuss eines Revolvers aus der Dunkelheit drang und uns beide zu Boden warf.

Und ich glaubte, den Efeu und die wilden Gräser, die dort haltlos wucherten und die Kathedrale verschluckten, leise lachen zu hören.

Molly

Ich stand vor der Waschanlage und sah den beiden großen blauen Bürsten mit den sonnengelben Streifen dabei zu, wie sie mein kleines altes Auto putzten, es abspülten, grob über die Flanken strichen ...

Ich trug noch immer meinen Anzug – mittelblau, azurblau, an meinem langen, dünnen Körper unförmig wirkend – und trat von einem Fuß auf den anderen. Es war Anfang Oktober, später als sonst, und ich fröstelte. In der Luft lag ein Rest der aufgebrauchten, blumenschweren Sommerluft, der von der herbstkühlen Brise abgelöst wurde, die die Dämmerung umgarnte und mit der nahenden Dunkelheit spielte. Luftverteilung in Prozent: siebzig zu dreißig. Für den Herbst natürlich.

Tief atmend genoss ich die Kühle, die meine unordentlichen schwarzen Haare umgab, betrachtete das kerosingefärbte Pflaster im Schatten der untergehenden Sonne ...

„Dass ich Sie hier treffe!"

Eine unangenehm herablassende Testosteronstimme sprach mich an; ich ließ meinen Blick von meinen Schuhen aus emporwandern, musterte den Mann, der vor mir stand. Die überwältigende Aura an chronischer Selbstüberschätzung vernebelte meine Sicht und so nahm ich nur den dunkelbraunen Cordanzug über einem ockerfarbenen Hemd und Übergewicht wahr.

Leider vermochte diese sonderbare und höchst denkwürdige Mischung keinerlei Assoziationen in meinem Langzeitgedächtnis zu wecken. Er streckte mir energisch seine rechte Hand entgegen. Ich nahm sie der Etikette wegen und antwortete: „Ja, was für ein Zufall, in der Tat ..."

„Ich bin wirklich überwältigt! Sehen Sie, ich arbeite morgen meinen ersten Tag in Ihrer Firma."

Das war genug, mir den Atem zu rauben, und ich überspielte mein Entsetzen mit einem mir untypischen Grinsen. Solcherlei überschießende Emotionen gehörten eigentlich nicht in mein Repertoire.

Den Cord-Zeus vor mir hatte ich wohl überzeugt. Er kannte mich ja auch nicht. Eigentlich.

„Junger Mann", wandte er sich wieder an mich, „da wir ja nun fast Kollegen sind ...", er öffnete eine Packung Zigaretten ohne Filter, „möchten Sie?"

„Danke, nein, ich bin Nichtraucher", erwiderte ich und dachte an die Nikotinpflaster an meinen Unterarmen.

„Ehrenvoll, junger Freund, moralische Korrektheit liegt im Trend. Man sieht sich dann morgen, jawohl!" Er drehte sich um und stieg rauchend in einen blitzenden Sportwagen.

Und ich beschloss zu fliehen und eilte zu meiner Rettung in Person: Molly – die wunderbare, elfengleiche Molly, die am Hintereingang der Tankstelle schon auf mich wartete.

Herzen, die von Lippen tropfen

Eine Begegnung bei Nacht, in einem edlen Haus, im Mondlicht.

„Ihr Herz tropft von Ihren Lippen."

„Das ist nur die Angst vor dem Morgigen und die Furcht des Heutigen, die mit meinen Lippen spricht."

„Darf ich es so begreifen, dass Sie gezwungen sind, von diesen Ängsten heimgesucht zu werden? Das kann ich nicht akzeptieren. Ich weiß, dass es so nicht sein muss."

„Wer sind Sie, fähig dies zu behaupten?"

„Ich bin derjenige, der versuchen wird, Sie zu befreien, wenn Sie mich lassen."

„Oh, all diese übergebildeten, wohlerzogenen jungen Männer. Immer nur reden, reden, reden. Sie neigen allesamt – die ganze wilde Meute – dazu, eine wichtige Tatsache zu vergessen, über die ich bereits viele Male in meinem eigenen jungen Leben gestolpert bin: Die Wirklichkeit dreht sich nicht um Worte und Reden. Lediglich was wir tun, bedeutet etwas. Ihre Worte sind zugleich beängstigend, Furcht einflößend und ... verführerisch. Was also soll ich mir aus Ihnen machen?"

„Lassen Sie mich eine Tatsache erwähnen, über die ich meinerseits in meinem jungen Leben gestolpert bin: Die Dinge, die auf den ersten Blick am beängstigendsten scheinen, stellen sich meistens als genau diejenigen heraus, auf die wir am sehnlichsten gewartet haben."

„Sie scheinen in der Tat ein kühner Mann zu sein, diese Behauptung laut zu äußern. Nun frage ich mich jedoch, ob Ihre Kühnheit, Ihr Mut genug ist, um mich von der Furcht zu heilen, an der ich leide."

„Man sagt, Mut entsteht aus der Erfahrung von Furcht."

„Möchten Sie damit ausdrücken, dass Sie selbst eine furchtsame Seele sind?“

„Ich höre auf, eine solche zu sein, wenn ich in Ihrer Nähe bin. Wann immer Sie bei mir sind.“

„Nun sind es unsere beiden Herzen, die von unseren Lippen tropfen. Warum sollten sie sich nicht vereinen, um unsere Furcht zu bannen?“

Turmalin – 2. Teil

Die Livrierten an der kunstvoll verzierten Eingangstür grüßten Vegard wie einen alten Freund.

Mich starrten sie mit fast unverschämter Neugier an, unverhohlene Verwunderung und ich konnte die Gerüchte förmlich hören, all die geflüsterten Worte hinter vorgehaltener Hand auf prächtig ornamentierten Fluren hinter edel geschnitzten Türen, von Mann zu Mann, von Zimmermädchen zu Zimmermädchen und immer weiter und weiter ...

Vegard ergriff meine Hand und ich lächelte ihn an, doch er spürte, was ich nicht aussprach, und entließ meine Finger mit leichtem Druck und wandte sich an die Rezeptionistin – er kannte sie noch aus Kindertagen – und ich bewunderte das elegante Foyer mit all den Details, die Palmen, die Silbervasen, das Porzellan, das Mahagoni, ein Spiegel mir gegenüber ... ich wandte mich ab, bevor ich mich selbst darin sehen konnte.

Die Unbekannte hatte Vegard einen Schlüssel gegeben und er führte mich zaghaft und vorsichtig, wie er immer war, eine mächtige Wendeltreppe hinauf in den zweiten Stock. Und als er schließlich die Tür zu unserem Zimmer geöffnet hatte und es sich zu meiner vollen Sicht gänzlich vor mir entfaltete, wusste ich sofort, dass ich noch nie etwas Atemberaubenderes gesehen hatte. All die Schönheit ergriff mich wie ein Rausch und ich lief auf den kleinen Balkon, der auf das Meer hinausblickte, das hinter Palmen vor uns lag und die karminrote Nachmittagssonne tauchte das Zimmer in wärmstes Licht. Etwas in mir zersprang und ich war gänzlich befreit. Ich tanzte leicht durch den Raum und wusste nicht, womit ich all diese Schönheit verdient hatte.

Doch das Wichtigste, mein Wichtigstes, der Grund, warum mir all dieser Luxus passierte ..., Vegard hatte unsere Taschen auf dem

Boden vor dem Schrank abgestellt und sich ebenso säuberlich seiner Schuhe entledigt, sich auf das Bett gelegt und sah mir nun zu. Seine dunkle Kleidung kontrastierte viel zu stark mit all dem Licht, all der Helligkeit ... Ich musste plötzlich den Drang, den Zwang bekämpfen, das Hemd von seinem Körper abzustreifen, es mit einer einzigen Bewegung zu zerreißen ...

Die ungeahnte Stärke dieses Impulses ließ mich meine Hände fest umklammern und ein Laut muss meinen dunkel geschminkten Lippen entwichen sein, denn ich fand seinen Blick auf mir, er war zu tief in meinen Augen und es lag so viel Sanftheit in ihnen und doch verrieten sie nichts ... Hatte er meinen Impuls gefühlt, erwiderte Vegard ihn?

Nichts ließ mir die Zeit, dieser Frage nachzugehen. Doch vielleicht lag die Antwort so nah ...

Ich streifte meine Schuhe ab und begann, mich langsam auszuziehen.

Vegard hatte doch die Tür abgeschlossen, oder?

Meine Hose landete auf dem weichen Teppich – meine Füße spürten, wie fein er war – sodass meine Beine unbedeckt waren. Meine weiße Bluse glitt daneben zu Boden, bis nichts an meinem Körper zurückblieb außer meinem Slip und einem weißen Top, unter dem ich nichts trug.

Ich hatte meinen Blick während dieser ganzen Zeit tief in seinen getaucht – sein Ausdruck hatte sich überhaupt nicht verändert.

Also zog ich mir das weiße Top über den Kopf und ließ es fallen.

Seine Augen waren unlesbar, also näherte ich mich ihm langsam, mein langes helles Haar bedeckte meinen nackten Oberkörper, und legte mich neben ihn, wenige Zentimeter von ihm entfernt, eine Distanz behaltend, ihm seitlich zugewandt.

Nach ein paar Sekunden streckte Vegard vorsichtig einen schlanken Finger aus und ließ ihn meine Schläfe hinabgleiten, zeichnete die Linie meiner Wange und meines Kiefers nach. Ich wollte ihm näher sein, ihn näher zu mir ziehen. Der Hauch einer Berührung meiner Hand streifte seine Schulter, warm unter dem Stoff seines schwarzen Hemdes, meine unbedeckten Beine leicht um seine bekleideten geschlungen ... als Vegard in einer schnellen Bewegung meine Finger mit den seinen umschloss – meine Hand so schmal in der seinen – und sie festhielt, meinen Blick suchte und ihn fand ... und langsam den Kopf schüttelte.

Vegard musste all die Frustration und die Verwirrung gespürt haben, die ich hinter meinen Augen verborgen zu halten versuchte, und brachte vorsichtig meine Hand an seine Lippen, berührte sie leicht mit ihnen und legte sie dann langsam wieder neben mir auf die weiße Decke.

„Es tut mir leid.“ Es war ein Flüstern, fast unhörbar.

Und irgendwie verstand ich und schüttelte nun selbst den Kopf und betrachtete ihn, während uns beiden Tränen die Augen trübten.

Edelsteine

Die feinsten Edelsteine sind so schön anzusehen, wenn sie glitzern.

Wenn das Licht sich in ihnen auf die wundersamste Weise bricht, ein Sonnenstrahl durch jeden Zentimeter des Kristalles dringt und jeden Winkel auf das Hellste erleuchtet und alles erstrahlen lässt.

Doch manche der schönsten und fantastischsten Edelsteine besitzen viel mehr als nur die eine Farbe, die ihnen den charakteristischen Namen verleiht.

Der Pleochroismus haftet ihnen in diesen Fällen dann an und sie haben viel mehr Seiten als die, die sie auf den ersten Blick zeigen.

Je nachdem, aus welcher Richtung und welchem Blickwinkel man sie betrachtet, ändern sie auf sonderbarste Weise ihre Farbe. So kann ein Edelstein, der noch eben im Dämmerlicht zuoberst wunderbar rosarot funkelte, tief unten im hellen Licht der Wahrheit schwarz glimmen. Einer dieser Steine ist der Turmalin.

Die Träne der Sirene

Ich streifte durch die Stadt, die Sonne schien so hell, dass sie mich unerbittlich blendete; und ich bog in eine dunkle Seitengasse, der Lärm der Menschen drang von fern zu mir.

Kalter Nachmittag, Winterwind in meinem Haar, mein schwarzer Mantel weich und warm an mir, doch es war ganz und gar ungemütlich und etwas zog mich zu einem Lädchen hin, versteckt unter einem hohen Steinbogen, in den Schaufenstern einige Bücher und Schreibwaren und hinter der kristallklaren Scheibe, vor einem Regal eine junge Frau, bildschön, mit braunem Haar, an dem Feuerfunken zu kleben schienen. Ihre Augen waren konzentriert auf die Bücher vor ihr gerichtet, auch als ich eintrat, doch ich räusperte mich und sprach sie dann auf die exquisite Wahl an, die sie in Form einer Abhandlung der klassischen Musik in zarten Händen hielt.

Sie blickte lächelnd zu mir auf und ihr Blick traf mich so tief, so warm, dass ich den Impuls bekämpfte, den Mantel sofort abzustreifen, und wir hatten kaum wenige Minuten miteinander gesprochen, da eröffnete sie mir auch schon die Frage, ob wir die Unterhaltung an einem anderen Ort fortführen wollten.

Ich war mir zunächst unsicher, doch sie ergriff mit sanftem Druck meine kühle Hand und ich spürte die Worte auf meiner Haut, als lägen sie auf ihren Lippen. So zog ich sie mit mir den ganzen Weg nach Hause, in meine dunkle Wohnung.

Doch sie stand mit einem solchen Lächeln in der Dunkelheit, dass ich bereits hätte ahnen sollen, dass ich mir meine Rettung und gleichsam mein Verderben aus meinem eigenen Antrieb ins Haus geschafft hatte, denn sobald ich meine antiquierten Lampen angeknipst hatte und sie noch immer auf schlimmste Weise lächelnd in meinem Speisezimmer vor dem Tisch stand. Sie hatte Wein vorgeschlagen, woraufhin ich in die Küche gegangen war und eine halb leere grasgrüne Flasche gefunden hatte. Als ich sie fest in beide vor mir ausgestreckten Hände nahm, spürte ich sogleich hauchzarten Staub auf dem kühlen Glas, das milchig schien, und ich wusste mit einem Mal, dass die Flasche, dass alles in meiner Küche vergiftet war.

Meine Beine begannen zu zittern und ich hielt die Flasche in müden Händen. Ich wollte noch rufen, doch es entwich nur ein einsamer fremder Laut meiner Kehle und ich vernahm keine Antwort aus dem Speisezimmer.

So stellte ich die Flasche säuberlich auf den Küchentisch und das Gift blieb in der Küche, doch es war in mir, ich konnte es schon fühlen und ich wankte in das Speisezimmer und blieb vor dem Tisch stehen, an dem sie nun stand und etwas schrieb, doch ich sah Stift und Papier nur verschwommen; nur sie sah ich kristallklar.

Sie sah auf und blickte mich an, lächelte wieder und schien von oben auf mich zu sehen, obwohl wir auf Augenhöhe waren und das Lachen in ihren Augen war das Böseste, was ich je gesehen hatte.

Ich versuchte zu sprechen, doch das Gift begann mich zu lähmen, breitete sich aus und stieg meinen Rachen empor, sodass ich meinen Mund nicht mehr bewegen konnte, um Worte zu bilden, und so stieß ich nur einen Laut aus, hilflos und betäubt, woraufhin sie den Kopf neigte und mich ansah, als sei ich ein ungezogenes Kind.

Die Lähmung stieg weiter und die Ausweglosigkeit ergriff von mir Besitz. Ich starrte sie nur an und konnte meinen Mund nicht mehr schließen, wollte nach ihrer Hand greifen, sie anflehen, mich zu halten, doch ich stolperte und fiel vor ihr hin auf das kalte Parkett. Sie beugte sich über mich und alle Wärme verschwand und ich sah nichts mehr.

Der Schleier lichtete sich und ich sah verschwommen, schillernd wie durch ein Kaleidoskop. Ich fühlte, dass ich in meinem Bett lag und das Gift noch immer wirkte und mein Rachen noch immer gelähmt war. Sie saß auf meiner Bettkante, während ich auf dem Bauch lag und ihre Stimme wie aus weiter Ferne vernahm. Ich drehte mich zu ihr und spürte ihre so zarten, zerbrechlichen Finger auf meinem Hemdärmel, als sie zu mir sprach: „Ich musste das tun. Ich musste."

Ich glaubte, tief unter dem Bösen Bedauern zu erkennen und ihre beherrscht gleichgültige Stimme zittern zu hören.

Und als ich erwachte, merkte ich, dass alles Gift verflogen war, und fand neben mir auf der Bettdecke einen Zettel, auf dessen Worte „Ich hoffe, es geht Ihnen gut“ eine, nur eine einzige Träne getropft war.

Zurück

Der kühle Wind strich durch mein Haar, spielte mit meinen blonden Strähnen. Ich lehnte mich zurück, saß nun halb auf dem Fensterbrett. Es fühlte sich kalt und hart an, doch ich verspürte nicht einmal den Impuls, wieder aufzustehen.

Meine Hände zitterten und das Zittern ergriff bald meinen gesamten Körper, strömte wie eine Welle unangenehm durch mich hindurch, bis sie sich an den harten Rändern meiner viel zu dünnen Stoffschuhe brach.

Ich wandte den Blick ab und betrachtete die menschenleere Straße. Ich sah mein Spiegelbild in dem Schaufenster eines der auf der anderen Straßenseite liegenden Geschäfte. Was ich sah, überraschte mich nicht im Geringsten. Nur mein müde aussehendes Gesicht erinnerte mich an die letzte Nacht. An die vielen Stunden, die ich im Auto verbracht hatte, bei vollkommener Dunkelheit und kaputten Straßenlaternen am Rand kaum bewohnter Dörfer, die ich passiert hatte. All diese Zeit hatte ich vergeudet.

Auf einmal spürte ich einen schwachen Windhauch neben mir. Wortlos lehnte er sich neben mich, drückte seine Zigarette am kalten Fensterbrett aus. Sie erlosch mit einem leisen Zischen. Es war eine Mentholzigarette ohne Filter. Manche Dinge änderten sich nie.

„Ich hätte nie gedacht, dass du wirklich kommst", vernahm ich ihn dann sagen, kühle Verwunderung in einer Bürostimme.

Alles so wie damals.

Ich zog es vor, nicht zu antworten. Ich wusste, ohne aufzusehen, dass er mit seinem forschen Blick aus dunklen Augen den meinen zu treffen versuchte, doch er scheiterte und gab schließlich auf. Er unterlag meiner Sturheit. Wie es schon früher immer gewesen war.

„Sag schon, warum bist du gekommen?" Er gab nicht so leicht auf. Das hatte er noch nie.

Meine Augen nahmen einen anderen Blickwinkel ein, verließen endgültig die Schaufenster mit ihren bedeutungslosen Auslagen und richteten sich auf seine Schuhe. Weiße Sportschuhe, an denen der Dreck klebte. Ich sah schlecht sitzende ozeanblaue Socken, die vom Saum der hellbraunen Hose nicht einmal zur Hälfte bedeckt wurden.

Dann zwang ich mich, in sein Gesicht aufzusehen.

„Ich war sowieso in der Gegend."

„Du bist nie in der Gegend."

Ich hatte ja auch gelogen. Acht Stunden Autofahrt waren kein Zufall. Auch dann nicht, wenn man gut die Hälfte der Strecke damit verbracht hatte, viel zu laut furchtbare Rockklassiker zu hören und sich selbst zu verfluchen. Hunderte Male, Tausende Male.

„Wirst du bleiben?", hörte ich ihn fragen. Sein Gesichtsausdruck war ebenso schwer zu deuten wie der Blick seiner forschen Augen.

Vorhersehbar war er noch nie gewesen.

„Nein, ich werde nie wiederkommen. Das ist das letzte Mal."

Meine Finger verließen das Fensterbrett und ich stand aufrecht.

Ich sah ihn ein letztes Mal an und ging.

Meine Schritte hallten hohl über die hölzerne Veranda, über die Treppe, durch das Gras.

Ich sah nicht einmal zurück.

Salvator

Ich stand oben auf dem Hausdach und war einfach nur enttäuscht.

Diese Enttäuschung breitete sich in mir aus wie ein schleichendes Gift, sie war so ungeheuer pechschwarz, verpestete alles, was mich zuvor so weich umhüllt hatte.

Es war niemand hier. Niemand war gekommen. Es war vollkommen gleichgültig.

Ich hatte mir so viel gewünscht, so viel vorgestellt und ausgemalt ... doch nicht dies. Ich hatte begeistert sein wollen, mitgerissen von einer ersehnten Welle der Euphorie – doch ich war es nicht und es interessierte niemanden.

Denn diese Welle hatte mit wenigen Ausnahmen alle anderen ergriffen, die Mitgefühl mit mir hätten haben können, und so schien ich allein mit meinen Gefühlen, während mir der kühle Wind um die Nase wehte und ich stets geradeaus und nie hinuntersah.

Vielleicht war es doch alles gar nicht so ... schlecht ... Ich musste allem vielleicht lediglich eine weitere Chance geben ... Es klang wie der Rat eines entfernten, fremd gewordenen Freundes, so pauschal und unpersönlich.

Doch es war ein Rat von mir selbst an mich. Sicher wäre es das Richtige. Das Gerechte. Doch wollte ich immer gerecht sein?

Das war alles gar nicht wichtig. Das Gedankenkarussell hier musste aufhören. Ich trat dem Abgrund einen weiteren Schritt entgegen und sah hinunter, nun doch.

Und auf einmal von dort unten eine weit entfernte Stimme, die ich so sehr brauchte. Sie schrie mich an, gestikulierte wild, alarmierte andere Menschen. Ich wollte das alles nicht, brauchte das alles nicht – es bedurfte nur seiner Gegenwart, alle anderen würden es ohnehin nicht verstehen.

So gern hätte ich ihm dies gesagt, doch ich war bereits viel zu weit von ihm entfernt.

Vielleicht war es sogar besser, wenn er es nie erführe.

Mein Haar vom Wind bewegt, stand ich am Rande des Hausdaches und starrte unentwegt nach unten auf diese vertraute Gestalt, so weit entfernt und doch so unglaublich nah, als stünde sie genau neben mir und wir würden gemeinsam in den Abgrund blicken, der sich vor uns auftat.

Und plötzlich sah ich in schneller Abfolge all die Menschen, die mich hierher gebracht hatten, wie im Zeitraffer vor meinen schmerzenden, brennenden Augen mit den vereinzelten, vergessen geglaubten Tränen. Ihr Lachen hallte in meinem Kopf wider, als umzingelten sie mich und ich fühlte alles und doch nichts, alles im selben Moment.

Ich konnte das nicht mehr; ich schloss diese quälenden Augen und versuchte gewaltsam, endlich schwarz vor ihnen zu sehen, als ich auch schon seine Arme um mich spürte und er mich rettend nach hinten zog und mit hektischen Worten umhüllte. Es zählte nur noch er.

Nachtblau

Ich sah endlich, wie die breite Eingangstür sich öffnete, also stieg ich aus dem Wagen und lehnte mich vor die Beifahrertür, möglichst lässig, wie ich hoffte. Die Hände vergrub ich passend dazu tief in meinen Manteltaschen.

Sie trat heraus.

Das Mondlicht und das Licht der Neonröhren, die die Straße dürftig erhellten, glitzerten auf dem Satin ihres nachtblauen Kleides, das zu ihren fast blassen Beinen einen starken Kontrast bildete. Wie eine Stunde zuvor war ich fasziniert von ihrer bloßen Gegenwart, von dem eleganten Kleid, das perfekt zu ihrer zierlichen Figur passte, von ihrem hellen Haar, das locker in sanften Wellen über ihre unbedeckten Schultern fiel.

Meine Augen, meine ganze Aufmerksamkeit wurde so von ihrem bezaubernden Anblick in Anspruch genommen, dass ich den Mann an ihrer Seite zuerst gar nicht wahrnahm. Sie redete mit ihm.

Ich betrachtete ihn genauer. Er hatte die Bezeichnung Mann eigentlich gar nicht verdient, er war nichts als ein aufdringlicher, offensichtlich mindestens angetrunkener Kerl in dunklen Jeans und schlecht geschnittenem schwarzem Ledersakko.

Ich suchte ihren Blick, um den Zeitpunkt meines Eingreifens einschätzen zu können. Es dauerte eine Weile, bis ich ihn fand, doch irgendwann trafen ihre dunkelblauen Augen schließlich die meinen.

Was genau ich in ihnen sah, konnte ich nicht exakt benennen. Doch irgendetwas in diesem tiefen, funkelnden Blau gab mir zu verstehen, dass sie erleichtert war. Es war ein langer Blick. Ich merkte, wie meine Mundwinkel zuckten, dann lächelte sie. Sie lächelte nicht mit dem Mund – war ihre eigentliche Aufmerksamkeit doch noch immer dem Kerl zugewandt – ihre Augen lächelten. Vielleicht trog mich das Nachtlicht, doch ich glaubte erkennen zu können, dass unterdrückte Freude in ihnen lag.

Der Typ zog sie am Ärmel ihres schwarzen Baumwollboleros, der locker um ihre schmalen Schultern hing. Sichtlich widerstrebend löste sie den Blick von meinen Augen, um sich wieder ihm zu widmen, heuchelte ein Lächeln in seine Richtung und sprach mit ihm. Währenddessen kamen die beiden langsam näher an meinen Wagen heran. Sie warf mir einen – für den Kerl hoffentlich unauffälligen – Seitenblick zu.

Ich fühlte, dass mein Moment gekommen war, und ging auf sie zu, nahm meine Hand aus der Manteltasche und legte sie ihr wortlos in einer leichten Geste auf die Schulter, ohne sie wirklich zu berühren. Den Kerl ignorierte ich. Vorerst.

„Stopp mal, Hübsche, du hast nichts von einem Typen erzählt", rief der dann erstaunt und starrte mich äußerst impertinent an, obwohl sein Blick nicht mehr allzu klar schien.

„Ich würde Ihnen empfehlen, jetzt zu gehen", erwiderte ich in meiner neutralsten Business-Stimme.

Der Kerl sah mich verständnislos an und wirkte so nicht intelligenter. Er drehte sich wieder zu ihr und wartete auf ihre Reaktion auf diese für mich ziemlich eindeutige Situation.

Sie zuckte die Achseln, sah ihn einmal mitleidig an und sagte dann zu mir: „Lass uns gehen."

Sie hatte mir nie das Du angeboten, ich ihr auch nicht, aber in diesem Moment, vor diesem Typ, schien es gleichgültig.

Der Kerl sah uns noch einmal an, zeigte ihr dann den Mittelfinger, verzichtete auf jeden weiteren Kommentar und machte sich schleichend aus dem Staub. Ich hielt ihr die Beifahrertür auf, doch sie schüttelte den Kopf.

„Lassen Sie mich fahren, dann können Sie mich in aller Ruhe zu Ende anstarren und wir kommen beide noch lebendig nach Hause, ohne eine verirrte Birke mitzunehmen." Ich konnte ein Grinsen nicht unterdrücken, das sich unwillkürlich auf meine Gesichtszüge schlich, und stieg an ihrer statt auf der Beifahrerseite ein.

Sie lenkte den Wagen geschickt aus der schmalen Straße heraus und bald befanden wir uns wieder auf der Hauptstraße in Richtung Stadtmitte.

Eine Weile lang sprachen wir beide kein Wort; dann irgendwann sagte sie mit einem tiefen Seufzen: „Danke."

„Wofür?"

Sie lächelte mich nur an. Ich erwiderte ihr Lächeln; sie sah wieder geradeaus und ich zum Seitenfenster hinaus.

Ich betrachtete gedankenverloren die vielen bunten Straßenlaternen und Autoscheinwerfer und die Reklame, unzählige Lichtkegel wie Pailletten auf unergründlicher Seide in Nachtblau.

Nachtblau wie ihr wunderschönes Kleid.

Refugium

Sie ging den ganzen langen Weg bis zum Schloss zurück. Durch langsam herabsinkenden Nebel, Schritt für Schritt, so aufrecht sie konnte.

Nach endlosem Weg erschienen die Schlossmauern endlich vor ihren Augen und verschwammen. Bewusstlosigkeit drohte sie gefangen zu nehmen und sie schaffte es gerade noch, durch das geöffnete Portal zu treten, bevor sie mitten auf dem großen Schlossplatz zusammenbrach.

Ich hörte das Rufen der Wachen, das in mein Schreibzimmer drang. Schon erschien ein Wachmann in der Tür.

„Sie ist zurückgekehrt, Mylord."

Ich sprang hastig von meinem Stuhl auf und stürmte förmlich an ihm vorbei zu der steinernen Balustrade. Was ich dort tief unten im Hof erblickte, ließ alles in mir kalt erstarren. Dann vernahm ich mich selbst ihren Namen schreien und rannte bereits die Steintreppen hinab, durch die Haupttür, hinaus auf den Schlossplatz, hin zu ihr.

Drei Wachen standen bereits um sie und ich schob sie gedankenlos beiseite.

„Lasst mich zu ihr!"

Meine Stimme schwankte hörbar, so laut, so forsch, dass die Männer sofort zurückwichen.

Ich sah sie dort auf dem kalten Steinpflaster liegen und etwas in mir zerbrach schmerzhaft und gewaltsam.

„Madeleine!"

Ich kniete neben ihr nieder, nahm ihren zierlichen Körper in meine Arme, warf fieberhafte Blicke um mich über den weiten Platz.

Und alle starrten still zurück.

Sie standen alle nur und starrten.

„Wo wart ihr?“, schrie ich sie alle wie von Sinnen an, es war ein fast animalischer Schrei, der gegen alle Reserviertheit und Vernunft aus meiner Brust drang und mich ihnen gänzlich und vollkommen offenbarte.

Einer der vielen räusperte sich und begann: „Mylord ...“

„Lasst mich! Sie muss hinein, ins Warme, sofort!“ Ich hob ihren regungslosen Körper in meinen Armen vom kühlen Boden auf.

Und auf einmal vernahm ich sie so leise, so sanft meinen Namen wispern und es war das Schönste, was ich in meinem Leben je gehört hatte. Ich blickte in ihr schönes Gesicht und sah sie mit geschlossenen Augen lächeln, fühlte ihren regelmäßigen Atem und hielt ihren schwachen, jungen Körper.

Ich spürte die Blicke aller auf uns, als ich mich noch einmal umwandte und mit ihr über den Schlossplatz schritt, durch die Tür in das warme Schloss hinein und die Treppe hinauf in unser unendliches Refugium.

Eine Parenthese

Ich wusste, dass er im Wohnzimmer saß. Bevor es noch schlimmer geworden war, hatte ich ihm angeboten, den Fernseher einzuschalten, und nun flackerten die Bilder als bläuliche, lautlose Schattenlichter über die Wände des Flurs bis in mein Schlafzimmer hinein. Ich vernahm keinen Laut. Anscheinend hatte er den Ton abgestellt oder ihn zumindest so leise, dass ich ihn nicht mehr hören konnte.

Vermutlich saß er in meinem beigefarbenen Sessel oder auf dem gleichfarbigen Sofa, vielleicht aber auch einfach auf dem Teppich. Er war zurückhaltend, was Dinge betraf, die nicht sein Eigen waren.

Die Lichter wurden länger und regelmäßiger. Vermutlich die Nachrichten. Oder eine Talkshow. Ich lag im Halbdunkel und schwankte zwischen Erwachen und Ohnmacht. Ich spürte den zarten Stoff des Kissens unter meinem schmerzenden Kopf, fühlte, wie weich die Decke war, mit der er mich zugedeckt hatte, bevor er gegangen war.

Er hatte mir versprochen, so lange zu bleiben, wie ich ihn hier brauchte.

Ich sah den bunten Lichtfetzen zu und seufzte leise. Ich war mir selbst nicht sicher, ob überhaupt ein Ton meine Lippen verlassen hatte, ob es überhaupt einen Laut gegeben hatte im Dämmerlicht des Raumes.

Je länger ich wach war, desto drängender wurden die Bilder in meinem Kopf, die nun unablässig und schmerzhaft schnell durch meine Gedanken tobten wie ein Lauffeuer durch vertrocknetes Gras. Ich konnte das Feuer, die züngelnden Flammen förmlich vor mir sehen, während ich mit verzweifelter Erschöpfung versuchte, sie zu verbannen. Ich wollte in die Bewusstlosigkeit zurück, in das stille und gefühllose Dunkel meines Kopfes. Ich sehnte mich nach dem Gefühl des Fallens, des Fallens in tiefe Ruhe, die die Feuer in meinem Kopf schneller zu löschen vermag als jeder gute Zuspruch.

Doch ich war wach, meine müden Sinne von dumpfer Aufmerksamkeit in Bann gehalten.

Und so nahm ich eine lautlose Bewegung auf dem Korridor wahr. Ich ließ meine Augen angestrengt suchend über den schmalen Ausschnitt des Korridors wandern, der in meinem Blickfeld lag.

Meine Augen trafen seine. Er stand im Flur, wandte sich meiner Tür zu. Im Halbdunkel schienen unsere Blicke für einen Moment ineinander verwoben zu sein, dann sah ich die Besorgnis tiefschwarz in seinen Augen. Er näherte sich mir langsam und stand nach ein paar Schritten, die vor mir verschwammen und unscharf wurden, vor meinem Bett.

Ich versuchte ihn anzulächeln. Er erwiderte meinen Ausdruck, doch sein Blick war zurückhaltend und aufmerksam. Mit einer einzigen kontrollierten Bewegung beugte er sich halb über mich, betrachtete mich. Sein Haar schien pechschwarz, in seinen Augen ein unbekanntes Glitzern. Sein schönes Gesicht verschwamm immer wieder vor meinen Augen, so sehr ich mich auch bemühte, wach und klar zu bleiben. Ich sah noch einmal sein Lächeln wenige Zentimeter über mir schwebend, dann hörte ich ihn in seiner rauen Stimme leise sagen: „Alles ist gut. Du bist sicher."

Ich merkte, wie ich selbst nun auch lächelte.

Irgendwann danach vermischte sich die Wärme seiner Hand auf meinem Haar mit dem Halbdunkel des Zimmers und seinen Augen zu jener ruhigen Dunkelheit, nach der ich mich gesehnt hatte.

Erinnerungshäuser

Ich sah wieder die Häuser.

Der Griff seiner Hand wurde fester. Ich spürte, wie seine kalten Fingerspitzen fest und unerbittlich meine Schulter und meine linke Hand hielten.

Bei seiner kalten, festen Berührung ein weiteres Bild:

Ein weiterer leerer Platz, umrahmt von eben jenen Häusern, prächtigen, herrschaftlichen Häusern. Doch etwas schien an ihnen zu haften, an jeder blassen Wand zu kleben, jeden Zentimeter Stein zu vergiften.

Der graue Schleier, der sie zu verpesten schien, zog vor meine eigenen Augen. Unbewusst fühlte ich, dass ich immer mehr die Kontrolle über meinen eigenen Körper verlor und an ihn abgab. In seine feste Hand.

Durch den Schleier sah ich noch seine Augen, klar das helle, tiefe Blau. Hinter diesem klaren Blau der weite Platz mit den eleganten Häusern und Gebäuden, das Pflaster tropfnass, aus rauen Steinplatten und auf ihm wich die Menschenleere dem Auftauchen weniger Wesen. Waren es Menschen, halb auf hölzernen Wagen kränklich liegend, halb im Lauf, wankend auf schwachen Beinen?

Dann Regen, schwerer Regen, der das Pflaster wusch, den groben Stein, tropfend von der Pracht der Häuser ...

Und ich fiel in sein tiefes Blau, in diese Klarheit, in den unausweichlich und unerbittlich festen Griff seiner kalten Fingerkuppen und in seine sichernde Umarmung. Er hielt mich und zwang meinen schwachen Körper, dessen Beherrschung von meinem bewusstlosen Geist gänzlich an ihn übergegangen war, zum Tanz.

In seinen Armen liegend mein ganzes Bewusstsein, mein Körper.

Und als er mich in die letzte Figur trug, legte er, fast ohne mich zu berühren, zwei Finger an meine Lippen. Und ich tauchte auf aus dem tiefen Blau, meine Körperkraft mit mir. Er löste seinen Griff, seine Hand von meinem Rücken und ich stand aufrecht in seiner nun fast unmerklichen Umarmung, doch meine Augen blieben zurück in den seinen, noch als der letzte Applaus verhallte. Und er sah vor seinen Augen die Anmut, mit der ich an seiner Hand durch diese prächtigen Gebäude schritt und ihnen den Glanz nahm.

Ritual

Es war dunkel. Halbdunkel, erhellt nur von Kerzenlichtern. Ich war nicht allein; ich fühlte die Gegenwart von jemand anderem neben mir. Doch nicht nur neben mir. Vor mir, hinter mir, gegenüber von mir.

Eine Menschenmenge betrachtete mich, aber ich konnte ihre Gesichter nicht sehen. Es herrschte vollkommene Stille.

Ich berührte meine Augenlider, suchte nach einer Augenbinde. Ich fand keine. Sie hatten mir keine aufgezwungen. Warum suchte ich nach ihr?

Auf einmal hörte ich, wie die Menge erschrocken einatmete. Ich wollte mich so sehr nach der Ursache dieser Reaktion umdrehen, doch ich konnte nicht.

Mir wurde bewusst, dass ich kniete, der Stoff meines Kleides umwehte sanft und leicht meine Beine. Eine weiche, warme Brise. Der Duft von Sommer, schwer durch Blumen, doch überdeckt durch den feurigen Geruch der Kerzen. Ich hielt meine Hände an meinen Hals, hustend. Der Geruch schien mich zu ersticken. Mein Kopf wurde wieder klar und ich wusste wieder, wie sie mich den Hang hinaufgeführt hatten, die Arme hinter meinem Rücken zusammengebunden, in ihrer Mitte, flackernde Fackeln um mich herum und lange Umhänge und schwere Schritte. Sie hatten mein langes Haar zu einem Zopf geflochten, der locker um meine rechte Schulter strich und die freie Haut meines Rückens nicht berührte.

Ich schnellte vor, als ich hörte, wie die Menge um mich jemandem den Weg frei zu machen schien, der hinter mir zum Stehen kam. Meine Lippen bewegten sich und ich vernahm eine Stimme, laut, aber leicht zitternd.

„Hier stehe ich nun vor euch, die gehörige Strafe für mein verdorbenes Verhalten erwartend. Ich habe die Ehre unserer Gemeinschaft verletzt, der zuzugehören ich mich glücklich schätzen durfte. Ich habe Schande über den Namen meiner Familie gebracht, also trete ich jetzt vor euch, um euer Vergeben zu erbeten und die erwählte Strafe zu akzeptieren. Ich bin hier, um die Konsequenzen zu tragen, die aus meinen Untaten erwachsen sind. Vergebt mir!"

Es war meine Stimme.

Völlige Stille herrschte dann.

Bis sie gewaltsam durch das Geräusch einer schlagenden Peitsche gebrochen wurde.

Der Kandelaber

Eine Million Dinge schossen auf einmal gleichzeitig durch meinen Kopf in unglaublicher, unerträglicher Geschwindigkeit.

Sie rasten hin zu meinem Kern und mein Inneres krümmte sich mit dem Luftzug, den die Geschwindigkeit erzeugt hatte.

Ich wusste nicht, worauf ich mich zuerst konzentrieren sollte, alles drehte sich in meinem Kopf, doch mein Blick war so klar wie nie zuvor.

Was erwartete ich?

Die Frage tauchte aus einer unbekannten Quelle heraus empor, ein unbewusster Gedanke, der an mir nagte. Ich war mir sicher, dass diese Frage wichtig war, doch warum?

Nichts war wichtig außer seinen Augen. Ihr Blick, ihr Glanz. Ich sehnte mich fiebrig danach, dass mich diese Augen ansahen, betrachteten, jede meiner Bewegungen genauestens verfolgten. Nicht mehr und nicht weniger.

Würde sich diese unsichtbare, doch immer präsente Grenze in meinen Augen, meinem Blick zeigen? Es war unmöglich, es mit bloßen Worten auszudrücken. Peinlichkeit, so ein schweres Wort, würde die Situation nicht ansatzweise akkurat beschreiben.

Ich würde uns beide verletzen, ihn und mich selbst, mit ungeschickten Worten und gebrochenen Lauten, die vollkommene Perfektion und doch greifbare Zerbrechlichkeit zerstören, dieses Vakuum nicht geäußerter Gedanken und ungetaner Dinge.

Ich konnte meine eigene Schöpfung nicht zerstören – oder war es die ganze Zeit und schon immer die seine gewesen?

Stolz ist kein unbesiegbarer Schild, und so gelangte die Wahrheit durch ihn hindurch zu mir und es schmerzte mich, so wie es immer schmerzte, wenn ihre kleinen krallenbesetzten Finger ein Herz in ihre gnadenlose Umklammerung schlossen.

Er hatte es schon immer gewusst, es sich auf so viele verschiedene Arten vorgestellt ... hatte die Fantasie versperrt und sie durch Vernunft ersetzt.

Und dennoch würde er nicht – konnte er nicht – wissen, was ich tun würde, wie ich es tun würde ...

Ich streckte einen Finger aus, dann meine ganze Hand, um seine Schulter zu berühren, den Stoff seines so perfekten Anzuges, der falsch aussah und sich so richtig an ihm anfühlte, so unbekannt und doch vertraut.

All meine Sinne waren viel zu erregt und betäubt zur selben Zeit, seine Augen so still, doch sie saugten alles von mir auf, ohne dass er es wusste ... und ich brach zusammen auf dem kalten Steinboden mit offenen Augen und hellwach ... Ich stolperte zu der dunklen, altmodischen Chaiselongue und legte mich hin, meinen Kopf auf der Lehne, mit dem Blick zur Saaldecke und der Kandelaber war so weit entfernt von mir, so hoch ...

Ich fühlte meinen Atem langsamer werden, während ich einfach betrachtete, wie er dort stand.

Eine überwältigende Form der Furcht schoss durch meinen geschwächten Körper, als würde ich ihn schon verlieren, wenn ich ihn nicht mehr direkt vor meinen Augen sehen konnte. Ich hätte so gern vor Angst und Frustration darüber geschrien, dass er einfach dort stand, zögernd, wartend, als würde er jeden Augenblick verschwinden, genau wie die Geister, die ihn heimsuchten. Und ich würde ihn vielleicht nie wiederfinden.

Sogar der Tod war einem Leben ohne dies hier, ohne ihn, vorzuziehen.

Er musste all dies in meinen Augen gelesen haben, denn als er sich mir langsam näherte, vorsichtig, verließ sein Blick nie den meinen und ich fühlte, dass sein Atem stockte, als ich ihn in einer einzigen schwungvollen Bewegung zu mir zog, so nah, so neu ... mein Haar so dunkel im gedämpften Licht des Kandelabers, weit ausgebreitet auf dem luxuriösen Stoff der Chaiselongue, mein Atem unregelmäßig, meine Absichten klar.

Und gerade als ich versuchte, mich zu erklären, Licht in das Dunkel zu bringen, das ich verursacht hatte, meinen Zusammenbruch zu rechtfertigen, mein schlagendes Herz, mein implodierendes Inneres, mein Mangel an Atem ... sah er alles auf meinen Zügen, geschrieben, um nur von ihm gelesen zu werden, so nah, wie ich ihn zu mir ließ, mein Atem schwach auf der Haut seines Halses ... Ich bemerkte die sofortige Antwort in seinen Augen und fiel noch tiefer, als er mit einem einzigen Finger mein Gesicht entlangstrich, es in unserer gemeinsamen Farbe zeichnete, so vollkommen rein.

Mitten im Meer

Er betrat meinen Raum, durchstreifte ihn gewohnt galant und sah mich wartend an. Endlich deutete er meinen Blick richtig und setzte sich auf meine Bettkante.

Ich stützte mich auf einen Ellenbogen und wandte mich ihm zu. In meinen Augen schien er bereits alles gelesen zu haben, was ich nicht in Worten ausdrücken wollte.

„Ich möchte bitte, dass du aufhörst, dir Sorgen zu machen“, sagte er dann bestimmt und berührte meine Hand in einer leichten, zarten Geste.

„Das fällt schwer in diesen Tagen“, erwiderte ich und sah in seine reinen, ungetrübten blauen Augen. Wie schön sie waren. Sein helles Haar fiel sanft über seine blasse Stirn – ungewohnt ungeordnet. Ich strich die Strähne sanft zurück, seine Haut ...

Er musste etwas an mir, in mir erkannt haben, etwas, dessen ich mir nicht bewusst genug war, bis ich es in Bildern vor meinem inneren Auge tanzen sah.

Sein Atem schien für einen Moment zu stocken, bis er sich näher zu mir hinunterbeugte und flüsternd in mein Ohr hauchte: „Könnte ich dir denn irgendwie eine Ablenkung verschaffen?“

Ich konnte seine Worte auf meiner Haut spüren, sie brannten sich auf zarteste Weise ein wie ein wunderbares Siegel und sah ihn mich auf diese ironische Art schelmisch betrachten, die dennoch so seltsam anziehend war.

In seinen Augen, die mich so aufmerksam beobachteten, glitzerte zudem etwas, das so gar nicht zu ihm zu passen schien.

Und was immer es war, es rief ein leises Lachen auf meine Lippen und ich ließ mich auf das Kissen herabsinken und berührte sein Gesicht mit beiden Händen.

Während ich meine Augen über seine feinen Züge wandern ließ, offenbarte ich ihm: „Ich kann nicht glauben, dass du hier bist. Du solltest ein Felsen sein. Mitten im Meer."

Als er mich so intensiv anschaute, stockte mein Atem, und als er erwiderte: „Das wäre mir aber viel zu einsam!", ging er schneller und ich konnte gerade noch atemlos entgegnen:

„Ich wäre dann das Meer, versteht sich."

Dann fühlte ich bereits seine Lippen auf meiner Wange, meinem Hals, meinem Schlüsselbein ... bis hinter ihm das Mädchen in der Tür erschien und wir rasch voneinander Abstand nahmen, doch sie hatte alles gesehen.

„Ich soll ausrichten, dass Sie nun gehen müssen, Mylord."

Ich fühlte Hitze unangenehm schnell in mein Gesicht aufsteigen und starrte angestrengt auf meinen Teppich; er hatte sich indessen aufgerichtet und dem Mädchen zugewandt.

„Nicht sehr höflich, wirklich! Man sollte anklopfen, bevor man einen Raum betritt."

„Bitte verzeihen Sie, Mylord ..."

„Ja, ja, danke." Sein Ton war harsch, doch seine Stimme schwankte leicht hinter all der Strenge und Reserviertheit, und als er sich wieder in meine Richtung umdrehte, bemerkte ich das noch immer gleiche Glitzern in seinen Augen, während er sich dicht an mein Ohr beugte und fast unhörbar flüsterte, jedes Wort so schwer von den Fragmenten unseres Traumes: „Welch zauberhafte Idee. Mitten im Meer ..."

Dann küsste er mein dunkles Haar und entschwand meinem Raum leicht und schwungvoll wie eine Feder, fast tanzend.

Turmalin ~ 3. Teil

„Wie war ich?"

„Das habe ich dir doch schon gesagt." Ich konnte nicht gegen ein Schmunzeln ankämpfen.

Turmalin tänzelte vor mir her, so verspielt, so leicht.

„Dann sag es mir eben noch einmal!"

Ich seufzte und unterwarf mich ihrem Wunsch: „Du warst brillant. Fantastisch!"

Dann ergriff ich die zarte Hand, die sie nach mir ausstreckte, wirbelte sie einmal um ihre eigene Achse und gab ein paar wenige Tanzbewegungen vor. Unsere Schritte hallten auf dem regennassen Teer wider, die Lichter der Stadt warfen verführerische Schatten auf ihr strahlendes, lachendes Gesicht.

„Und noch einmal!", forderte sie inmitten eines lauten Lachens und ich wiederholte:

„Einfach grandios, elegant wie eine Königin!"

Turmalin hielt meine Hand so fest, dass ich ihr unweigerlich in die schönen dunklen Augen sah und ich glaubte, noch nie einen glücklicheren Menschen gesehen zu haben. So viel Freude in ihrem jugendlichen Ausdruck, so viel pures Glück ... und wir tanzten weiter durch menschenleere Straßen am späten Abend – fast Nacht – und ihre Euphorie griff auf mich über und entzündete sich in mir wie ein Streichholz, das den Baum verfehlt und den Wald streift und alles mit sich verbrennt in einer so klaren, hellen Flamme, warm und wunderbar.

Ich bemerkte, dass wir inzwischen näher an die Straße gekommen waren, Turmalin noch in den Tanz vertieft ... Ich sah das Auto vor ihr und rief ihren Namen, doch sie stand bereits auf der Fahrbahn. Bremsen quietschten und der Wagen kam Zentimeter vor ihr zum Stehen. Ich rannte zu ihr und griff sie am Arm, sanft; es stand kein Schock in ihrem Gesicht, nur Erstaunen, und ihr feines helles Haar umstrich es in der Abendbrise.

Der Fahrer ließ die Scheibe herunter und rief, brüllte fast: „Haben Sie sie noch alle? Passen Sie gefälligst auf Ihre Tochter auf!"

Ein leichter Schmerz fuhr durch mein Inneres, doch sie drückte meine Hand und betäubte ihn.

„Entschuldigung!", rief Turmalin dann dem Fahrer zu und ließ sich von mir zurück auf den Bürgersteig führen. Als der Wagen von dannen gebraust war, schnitt sie ihm eine Grimasse. Danach wandte sie sich mir zu und sah zu mir auf.

„Tut mir leid, ich war so ..."

Ich schüttelte nur den Kopf, ihr prüfender Blick lag auf mir.

„Und bitte vergiss doch, was der gesagt hat, wirklich. Mache dir keine Sorgen."

Turmalin flüsterte die letzten Worte so eindringlich, dass sich wieder diese Wärme in mir ausbreitete und ich zog sie näher und umarmte sie.

„Was machen wir jetzt?", fragte sie dann so leise, dass ich es fast nicht vernahm und da war sie wieder, ihre verschmitzte Verspieltheit, die ich so liebte. Ich lachte leise.

„Jetzt ... gehen wir wirklich nach Hause."

„Ins Hotel, meinst du wohl."

„Was immer Ihr Euer Zuhause nennt, Mylady."

Das orange-warme Licht der Nachttischlampe zeichnete Turmalin elfengleich, als sie die weiße Baumwolldecke bis zu ihrem blassen Kinn zog – dichter Regen strömte die Fenster entlang, es war nun endgültig Nacht – und sie mich schelmisch betrachtete.

„In einem hattest du recht", sagte sie dann langsam – sie war müde – und ich beugte mich näher zu ihr, um sie klar zu verstehen.

„Du meinst, abgesehen davon, dass du einfach fantastisch warst bei dieser unsäglichen Veranstaltung", erwiderte ich lächelnd.

Sie griff nach meiner Hand und strich langsam über jeden einzelnen Finger.

„Dieses Auto hätte mich überfahren können. Doch das hat es nicht." In ihren Augen lag die Frage, die ich nun stellen musste.

„Und warum nicht?"

Turmalin lächelte mich so triumphierend an, dass ich mich selbst korrigieren und feststellen musste, nun erst wirklich zu sehen, was ich schon gefunden geglaubt hatte: den glücklichsten Menschen, den reinsten Ausdruck puren Glücks.

„Weil ich eine Königin bin."

Karneval

Und meine Schatten saßen ringsum.

Sie alle schauten mich in ihrer Mitte an, betrachteten mich und ich sah in hohlen Augen verstreutes Mitleid und in anderen Strenge, die mich ihnen zu Füßen warf.

Doch es war kein Staub auf dem hellen Boden, in dem ich hätte in Ruhe zugrunde gehen können; es war nichts und doch war dort auf einmal alles und alles warf seine Schatten auf mich und ich blinzelte in die Dunkelheit und das strahlende Licht der Gestalten, die meine Schatten waren, blendete mich.

Und plötzlich bemerkte ich, dass sie Masken trugen, doch dies war kein Karneval. Oder doch?

Denn nun schienen sie um mich herum zu tanzen, leichte Schritte und schwerer Gang, denn Schatten trugen schwer und sie umringten mich noch enger und das gleißende Licht von irgendwoher drang herein in einen fensterlosen Raum.

Aber dann verließen sie mich allesamt und ich hörte mich flehen, sie mögen weitertanzen, ich spürte so etwas wie Freude tief in mir, doch ich wollte diesem Teil nicht näherkommen und sie wussten das, also verließen sie mich und machten das gleißende Licht dafür verantwortlich, das mich endgültig in glänzendem Federschritt mit sich zog und ich würde mit ihm tanzen, den ganzen, langen Karneval, bis die Schatten zurückkehrten. Doch selbst das schien ungewiss.

Und meine langen Narben pochten und schmerzten, mit wem auch immer ich tanzte.

Vermeil

Ich hatte nicht damit gerechnet, dass er an diesem Tag vor meiner Tür stehen würde. Auf einmal. Ich ahnte, dass er kommen würde und es stets in meinen Gedanken getragen, doch ich hätte nie gedacht, dass es so früh sein würde.

Doch ich wusste, dass er es war, als ein gleißend heller Lichtstrahl durch meinen Türspion in die Wohnung drang, heller als die Sonne es je sein könnte und ich hätte eine Närrin sein müssen, mehr Gewissheit zu verlangen. Ich hatte sofort gewusst, was dies bedeutete und war zur Tür geeilt, um ihn einzulassen.

Er war nicht allein.

Ich merkte es, als ich die Tür noch weiter öffnete und seine Gefährten im Hausflur direkt vor der Eingangstür stehen sah, wie zum Gehen gewandt. Sie alle warfen einen verstohlenen, heimlichen Blick auf mich – jeder von ihnen wanderte kurz und prüfend über mein Gesicht – und sahen dann aus der großen Glastür hinaus auf die Straße, die in warmes Licht der untergehenden Sonne getränkt war.

Doch bevor ich mich länger auf die Gefährten hätte konzentrieren können, wurde ich derart von seinem wahrhaftigen Anblick direkt vor dem weißen Holz meiner Wohnungstür überwältigt, dass mein Atem unweigerlich stockte und mein Herz einen Schlag aussetzte.

Ich konnte nicht anders, als in sein Gesicht aufzusehen – sein Gesicht, so schön, wie ich es mir ausgemalt hatte, und doch hatte ein Teil von mir nie damit gerechnet, ihn wirklich vor mir zu erblicken, so nah bei mir, dass unsere Hände sich fast berührten, er lehnte fast an dem weißen Holz und ich blickte an seinem Gewand hinab, um mich zu vergewissern, dass er tatsächlich heil und wohlauf war.

Etwas an ihm bedeutete mir, wieder aufzusehen, und ich traf erstmals seinen dunklen Blick, durchsetzt von Ernst und einer nahezu professionellen Reserviertheit. Berührte es ihn denn nicht, mich zu sehen ... durfte ich diese Frage überhaupt stellen?

Mein Kopf drehte sich und wurde erst wieder vollkommen klar, als er lächelte, wie, um eine Antwort auf meine unausgesprochene Frage zu geben, und eine Wärme trat in seine Augen, die mich sofort beruhigte und mein erschrockenes Herz in Erleichterung hüllte.

Ich traute mich nicht vollends, mich als Erste laut zu äußern und er schien es zu bemerken, denn da begann er zu sprechen: „Du weißt, warum wir hier sind?"

„Ja." Ich nickte heftig, wollte, dass er verstand, dass ich gewartet hatte. Als wieder Schweigen eintrat, fuhr ich fort: „Ist es soweit? Kann ich mit euch gehen?"

Ein mir unbekanntes Lachen trat in seine dunklen Augen und er schüttelte sanft den Kopf. „Aber nein. Noch nicht, es ist noch zu früh. Du weißt das."

Ich musste mir gegen meinen eigenen Willen eingestehen, dass er recht hatte und ich dies nicht hätte erwarten dürfen. Doch da er vor meiner Tür stand ... Er schien meine Verwirrung und Enttäuschung zu spüren und sagte leiser denn je, sodass es niemand, auch nicht seine Gefährten, hören konnte: „Aber du weißt auch, dass ich wiederkommen werde. Ich werde dich abholen und ich möchte bitte, dass du darauf wartest. Ich werde wiederkommen, sei dir dessen so sicher, wie ich es bin."

Der Blick seiner Augen hatte sich derart intensiviert, dass ich das Gefühl hatte, jedes seiner Worte würde tief in mein Innerstes vordringen und sich dort für immer verwahrt halten.

Für einen kleinen, unschätzbar wertvollen Moment konnte ich seine Liebe so sehr fühlen, als wäre sie greifbar, und ich klammerte mich so fest an diesen einen Moment, wie ich auch seine Hand gehalten und nie losgelassen hätte, wenn er nicht in diesem Augenblick zusammen mit seinen Gefährten aus meinem Flur verschwunden wäre. Ich schloss automatisch die Tür und erst dann stieg eine Träne in mein Auge, als ich sah, dass sein Licht noch immer zart wie ein vorübergehender Gruß durch meinen Türspion drang.

KF

An diesem Abend fand ich mich vor dem Spiegel meines Badezimmers wieder, meinen unbedeckten Oberkörper betrachtend.

Ein ruhiges Stück von Brahms perlte anschmiegsam aus meiner Stereoanlage im Wohnzimmer, doch die feine Musik drang nur verwaschen zu mir, wie aus großer Entfernung, sie umhüllte und verließ mich zur selben Zeit mit jeder weiteren Note.

Alles um mich herum schien zu verschwimmen, als ich mir selbst in die Augen sah, und die einzig klaren Konturen besaßen meine Narben.

Es waren drei an der Zahl, scheinbar willkürlich und ziellos verteilt auf der blassen Haut meiner Brust.

Mit tauben Fingern zog ich sie nach, langsam, eine nach der anderen, und während mir die Bilder, die Erinnerungen durch den Kopf schossen, die mit jeder von ihnen verbunden waren, spürte ich auf einmal, unerwartet und gänzlich unerwünscht, nahezu befremdlich, wie vergessen geglaubte Tränen in meine Augen traten und mir die klare Sicht nahmen, nach und nach und immer schneller ...

Ich war so dumm gewesen. So furchtbar dumm und verzweifelt. Ich hatte mich bestechlich und erpressbar gemacht, mich vor aller Augen verwundbar werden lassen, aus dem schieren Gefühl heraus, verloren zu sein, ohne Ziel herumzuirren in einer Welt, die nie die meine war. Umzingelt und doch allein.

Ehe ich mich selbst verstand, fand ich mich mit der Stirn gegen den Spiegel gelehnt vor, mit geschlossenen Augen, heftig atmend.

Ich sank tiefer und tiefer – bis Brahms von einem anderen Geräusch übertönt wurde: dem meiner Türklingel. Es drang fern und fremd zu mir und ich reagierte nicht – jede Bewegung schien unmöglich geworden zu sein.

„Professor!“

Meine Augen blieben geschlossen, meine Wangen brannten.

„Ich weiß, dass Sie da sind, Professor.“

Kurze Stille.

„Professor, ist alles in Ordnung bei Ihnen?“ So ungewohnte Besorgnis. Weitere Sekunden der Stille.

„Langsam wird es unheimlich, Professor. Ich komme jetzt rein, ja?“

Meine Augenlider schnellten hoch und ich fand meine Stimme wieder, warf mein Hemd über.

„Moment!“ Ich richtete mich leicht zitternd auf und eilte, so gut es ging, zur Tür. „Ja?“ Ich zuckte fast bei dem Klang meiner eigenen Stimme zusammen.

„Sie sehen ja furchtbar aus, ist alles in Ordnung bei Ihnen?“, fragte er und es lag jene seltene ehrliche Empathie in seiner Stimme und seinem Ausdruck, die ihn zu meiner einzigen wirklichen Vertrauensperson hatte werden lassen.

Ich atmete tief ein.

„Nun, es könnte ... besser sein.“ Ich stockte und er schien in meinem Blick jenes zu lesen vermögen, was mich beschäftigte und derart derangierte, was ich nicht ausdrücken konnte, und er zog mich am Arm in einer ruppigen Geste hinüber in seine Wohnung, wo ich Zeuge eines offensichtlich miserablen Fußballspiels wurde. Wir sprachen bei schlechtem spanischen Wein den ganzen Abend über nichts und alles.

Persephone

Es war in der prächtigen Eingangshalle, dem Atrium, dem Foyer, ein ebenso elegantes Mosaikmuster im Steinboden und ein Brunnen. Nein, es war nicht nur ein Brunnen. Es war tiefer.

Ich trat ihm entgegen, meine unbedeckten Füße leise tänzelnd auf warmem Stein.

Acht Kerzen in ornamentierten Haltern auf dem Boden und auf allen Flächen um uns.

Ich trug einen Peignoir, elfenbeinfarben, seiden, schön zart abgepaspelt am Saum und fing nun seinen Blick auf, als er flankiert von zwei Wachmännern im Torbogen stand, gerade als meine Füße auch schon den Boden des Brunnens betraten, Wasser sie sanft umspielte.

Der Saum des Peignoirs streifte leicht das Wasser, doch es kümmerte mich nicht. Im Gegenteil, ich ließ ihn damit spielen, trat langsam durch das knöcheltiefe Wasser, scheinbar auf ihn zu, der sich mir nun exakt gegenüber befand.

Sein Blick war noch immer mit dem meinen verbunden, als wartete er.

Ich konnte ein Lächeln nicht verhindern, als ich einen weiteren Schritt tat und den Peignoir in einer einzigen Geste ablegte. Das Licht der acht Kerzen warf Schatten auf mich.

Und die wahre Tiefe des Brunnens offenbarte sich und schien mich ebenso zu erwarten wie er und ich tauchte ein, sehnsüchtig.

Von dort unten sah ich, wie er sich mir näherte und dann zu mir hinab in das kristallklare Wasser sank, meine bloße Haut berührte. So ungesehen und schwerelos, ganz und gar verborgen fühlte ich mich wie Persephone.

Revelatio

Ich fand sie draußen. Sie stand regungslos auf der Terrasse und hatte mir den Rücken zugewandt. Das warme Licht der Kerzen in ihren eisernen Behältnissen, die sich an den Rändern der Terrasse befanden, ließ ihr helles Haar golden leuchten.

Ich war nun so nah hinter ihr, dass ich jede einzelne Strähne sah, die feinen, hellen Haarsträhnen, die leicht von einem kühlen Abendwind bewegt wurden und dabei ungezähmt vor dem Stoff ihres beigefarbenen Kleides umhertanzten. Die Haare und das Kleid, sie passten so gut zueinander, war der Stoff doch nicht von schwerem Lederbeige, sondern von einem zarteren, melierten Ton, der ihren Teint hervorhob, ohne ihn zu sehr zu akzentuieren.

Ich konnte die Haut ihrer zierlichen Arme erkennen, und als ich einen leichten Windhauch spürte, sah ich, dass sie eine Gänsehaut hatte.

Ich war mir nicht sicher, ob sie mein Hinzutreten bemerkt hatte, ob sie mich atmen hören konnte, ob sie in diesem Moment meinen Atem vielleicht in ihrem Nacken spürte, der verdeckt war von ihren warm leuchtenden Haaren. So sprach ich leise: „Willst du nicht lieber hineingehen und den Abend genießen?"

Sie schien nicht von meiner Gegenwart überrascht, vermutlich hatte sie die ganze Zeit gewusst, dass ich dort hinter ihr auf die Terrasse getreten war. Einige Sekunden lang schwieg sie, dann drehte sie sich in einer fließenden Bewegung zu mir um. Mein Blick fiel auf ihr Gesicht, so fein, so stark.

Sie musste zu mir aufsehen, war sie doch um einiges kleiner als ich, dennoch befanden wir uns auf Augenhöhe. In jeder Hinsicht. Immer. In ihren klaren, grünen Augen lag eine mir unvertraute, fremde Schwere. Sie sah mich so direkt an, dass ich in ihrem so geliebten geheimen Grün versank.

Ich tauchte geradezu widerwillig daraus auf, als ich sie leise lachen hörte.

„Ich weiß nicht, ob genießen das passende Wort dafür ist."

„Was meinst du?"

Sie atmete tief ein und wieder aus und schien nervöser denn je.

„Ich kann mit solchen Abenden einfach nicht viel anfangen. Die Menschen, der Lärm, die Maskerade ..."

„Ich weiß."

Wir sahen uns nicht an und schwiegen.

„Ich weiß", wiederholte ich unbeabsichtigt, meine Stimme klang klar in der kühlen Luft der Dämmerung.

Zunächst dachte ich, sie wolle sich ohne ein Wort umdrehen und gehen, mich einfach auf dieser kühlen Steinterrasse zurücklassen mit meinem dünnen schwarzen Hemd – warum trug ich nur ständig und immer Schwarz? Ich konnte es mir selbst nicht erklären – und dem Wissen um meine Schuld.

Meine Schuld, dass ich es einfach nicht hatte lassen können, dass ich einfach hatte hinausgehen müssen zu ihr. Meine Schuld, dass ich sie darauf überhaupt angesprochen hatte. Falsche Worte zum falschen Moment.

Vielleicht war es aus dem Drang heraus geschehen, dass ich alles auseinanderpflücken und wieder zusammensetzen musste, um sein Inneres zu erfahren, das für mich ein Mysterium war. Sie war ein solches Mysterium.

Ich wollte es so sehr lösen, zu sehr, schon immer, und mir war klar, dass ich es nicht konnte.

Ich hätte ihr keinerlei Schuld zugesprochen, wenn sie mich wortlos an diesem verdammt kühlen Ort zurückgelassen hätte.

Doch wandte sie mir in einer ihrer so leichten, fließenden, tänzerischen Bewegungen ihr schönes Gesicht zu, umrahmt von hell leuchtendem Haar und erwiderte: „Du kennst mich besser als ich mich selbst."

Dann zog sie mich leicht zu sich heran, bis ihre von der Dämmerung und nahenden Nacht kalten Fingerspitzen meine schwarz bedeckten Schultern strichen, sie sanft drückten und dann, ebenso schnell und leicht wieder verschwanden.

Und mit ihnen sie und ihr leuchtendes Haar.

Befreiung der Seele in Dunkelheit

Und als er mich ansah, schien all die kühle Selbstbeherrschung von ihm abzufallen und zurück blieb nur er, er allein, seine Seele, die er so gut versteckt hielt unter dem Mantel der Reserviertheit, den er für alle anderen jeden Tag auf das Neue anlegte, der ihm stand und ihm doch nicht passte.

„Würden Sie mir die Ehre erweisen?"

„Welchen Grund würde ich wohl haben?"

Es tat mir selbst weh, ihn derart abzuweisen, war ich doch längst hoffnungslos der Versuchung erlegen, bevor diese sich in seinen Worten überhaupt offenbart hatte.

„Genügt Ihnen mein Überleben als vernünftigen Grund, um ein Handeln wie das meine zu rechtfertigen?"

„Sie scheinen mir sehr lebendig ohne mein Handeln."

„Und Sie scheinen den Trug und die Wahrheit als Einheit wahrzunehmen. Aber wie kann ich es verurteilen, wenn doch niemand wirklich wissen kann, ob er wach ist oder träumt, ob seine Augen offen stehen oder geschlossen sind; bleibt doch in jedem Falle nur die Ohnmacht, das Gefühl, sowohl im Traum als auch in der Realität für deren Verlauf irrelevant zu sein."

„Auf Ihnen liegt wohl ein schweres Leiden, wenn Sie mich derart an Ihren bittersten Erkenntnissen teilhaben lassen."

„Nicht mein Leiden ist groß, sondern meine Sehnsucht; sie ist es, die mich zu diesen Worten veranlasst. Sie ist mein ganzes Inneres, meine volle Seele. Doch die Ohnmacht, die aus dem beengten Leben resultiert, ist es, die sie gefangen hält, in einem Käfig, dessen Schlüssel ich noch immer dann suche, wenn ich mich mit meinen Gedanken allein glaube."

„Wie gedenken Sie also nun den Schlüssel zu finden, da ich auf Ihren eigenen Wunsch hin Ihre Einsamkeit vertreibe?"

„Meine Suche fand in jenem Augenblick ihr Ende, als Sie den Raum betraten."

Ich sah ihn an, schweigend, bevor ich mich schließlich räusperte und erwiderte: „Was kann ich Ihnen als Schlüssel nützen, wenn ich mich selbst nicht als massives Eisen, sondern als Feder verstehe?"

„Wer hat je behauptet, dass der Käfig massiv sei? Meine Sehnsucht tobt wild gegen seine Stangen. Sie wird frei sein in dem Moment, da Sie mit mir tanzen."

Schweigend trat ich auf ihn zu und streckte ihm meine Hand entgegen. Als er sie nahm und mich an sich zog, fragte er mich: „Was bewegt Sie, mich ernst zu nehmen und mir zu helfen?"

„Meine Sehnsucht ist es, die sich in der Ihren widerspiegelt."

„Und welche ist Ihre Sehnsucht?"

Ich sprang auf meine Zehenspitzen, bis meine Lippen sein Ohr streiften, und flüsterte: „Mit Ihnen frei zu sein."

Und wir blieben in der Dunkelheit, unsere Seelen in freiem Lauf, bis der Tag anbrach und die Käfige sich wieder schlossen.

Doch wir behielten die Schlüssel den ganzen Tag, sicher verwahrt bis zum Abend.

Turmalin – 4. Teil

„Nichts von all dem ist noch wichtig. Und du weißt das."

Turmalin stand vor mir, noch einige Schritte entfernt in meinem in Kerzenlicht getauchten, großen Zimmer. Ihre Worte verwirrten mich.

„Was tust du hier?"

„Ich versuche, dir einige Dinge klar werden zu lassen."

„Was hast du mit dir getan?"

„Ich habe mich etwas erkennen lassen."

Nach diesen Worten herrschte kurze Stille.

„Nichts von dem, wovor wir uns fürchten, ist noch von Bedeutung. Nicht heute, nicht morgen. Es wird nie wieder etwas bedeuten." Sie näherte sich mir, langsam.

Ich wich leicht vor ihr zurück.

„Du bist so verändert, ich weiß nur nicht, wodurch. Was ist es an dir, das dich so fremd macht?"

Ein seltsames Lächeln trat auf ihre feinen Gesichtszüge, was ihren eigenartigen Gesamteindruck nur noch verstärkte. Alles an ihr schien so dunkel ... alles außer ihren wunderschönen hellen Haaren.

„Ja, was ist es?" Sie schlenderte weiter auf mich zu, wie in einem lautlosen Tanz.

„Du musst es mir sagen, bitte!" Ich versuchte, nicht zu flehen, und hörte doch, dass ich es tat.

Sie war nun wieder direkt vor mir und sah zu mir auf, flüsterte die folgenden Worte in mein Ohr: „Finde es heraus, finde heraus, was es ist. Was ist es an mir, das dich so fasziniert?"

Diese Fragen schienen sich schmerzhaft in meine Haut einzubrennen und ich zuckte zurück.

„Fa...fasziniert? Erschreckt würde ich eher sagen."

„Ach, komm schon. Du warst schon immer so ein schlechter Lügner." Wieder gehauchte Worte auf meiner unbedeckten Haut.

Ich spürte, wie mein Geist immer schwächer wurde.

„Hör auf!", flehte ich dann viel zu laut und Turmalin antwortete nur mit diesem eigenartigen, dunklen Lächeln, gänzlich fremd.

„Was wirst du nun tun?" Jedes einzelne Wort sickerte direkt unter meine Haut, sank viel zu tief in mich hinein.

Ich hielt meinen Verstand so fest umklammert, dass er bereits vor Schmerz schreien musste, doch ich vernahm nichts außer ihrem unregelmäßigen Atem und meinem. Ihre ganze Gestalt so schön und zart im warmen Licht der Kerzen.

Ich konnte doch nicht ... vielleicht konnten meine Worte uns noch retten.

„Du bist nicht du selbst."

Sie lachte auf. „Das ist das erste Mal, dass ich ich selbst bin."

Ich konnte mir das alles immer noch nicht erklären.

„Warum warst du dann nicht schon früher so? Vor mir?"

„Weil ich nicht länger gefangen bin."

Warum nur verstand ich nicht?

„Gefangen?"

„Gefangen. Jetzt bin ich frei. Warum bist du es nicht auch?"

Und da ergriff ich ihre Hand und wirbelte sie herum und zwang sie, mit mir zu tanzen, vielleicht eine Rettung ...

Doch je schneller wir tanzten, desto schwungvoller wurden ihre Bewegungen.

Plötzlich, während einer kleinen Drehung, die ich Turmalin an meiner Hand hatte vollführen lassen, schlang sie ihre Beine elegant um meine Hüfte, sodass ich ihren ganzen Körper in meinen Armen hielt. Die Schnelligkeit ihrer Bewegung hatte ihr Kleid verweht und ihre schmalen, doch erstaunlich muskulösen Beine fast gänzlich aufgedeckt.

Ich fühlte, wie ihre Energie sich mehr und mehr zu mir ausbreitete und ich umklammerte erneut meinen ganzen Verstand, um mich und sie nicht in all dem hier zu verlieren.

Endlich versuchte ich sanft, ihre Beine von meiner Hüfte zu nehmen und ihre Füße wieder auf festen Grund zu bringen, doch Turmalin protestierte, indem sie sich mit schmalen, starken Armen an mich krallte. Dennoch bemerkte ich, dass diese Stärke, die ihre Aufregung verursacht hatte, ihren zierlichen Körper zu verlassen begann. Also verstärkte ich den Griff meiner Hände auf ihrem Rücken und hielt sie in meinen Armen fest.

Ich spürte, wie ihre Augen mich betrachteten, sah die Fragen in ihnen, neugierig, wie sie es schon immer gewesen waren und vermutlich immer sein würden.

Zur Antwort strich ich nur leicht über ihre Schultern und sah zu, als ihre Augen langsam den Fokus verloren, sich schließlich ganz schlossen und sie sich leicht vorbeugte, um ihr Gesicht auf meine Brust zu legen. Ich spürte, wie Schlaf sie zart ergriff.

Worte waren noch nie unpassender erschienen und so ging ich langsam mit ihr hinüber zu dem Bett und lockerte vorsichtig ihren Griff und legte sie ebenso sorgfältig auf das helle Laken und bedeckte sie bis zu ihrem blassen Kinn mit einer der cremefarbenen Bettdecken.

Ich blieb neben ihr auf dem Bett sitzen und betrachtete sie im Halbdunkel meines großen Schlafzimmers, bis ich in ihren schönen Gesichtszügen und ihrem regelmäßigen Atem meine eigene Ruhe fand und mir die Augen zufielen.

Die Hälfte aller Kerzen war längst erloschen.

Das Schwimmbad

Es war ein fast unerträglich schönes Haus, ein Anwesen aus Glas und Stein mit hölzerner Terrasse und das weite grüne Gras davor durchsetzt von kleinen runden Lampen.

Der Himmel von dunklem Lapislazuliblau, fast petrol, sank fast auf das schöne Haus, doch er beschwerte nichts. Und dort im Garten war ein Schwimmbad.

Die Glasfassade, eines der mannshohen Fenster im Erdgeschoss des Hauses, spürte mich, als ich sanft an ihm lehnte.

Er drückte mich mit dem Rücken dagegen und hielt meine Hände fest, ein triumphierendes Lächeln auf den Lippen, das ich nur erwidern konnte.

Alle Gäste waren da bereits gegangen. Ich hatte sie nicht fortgehen sehen; sie schienen ebenso verschwunden zu sein wie meine Reserviertheit.

Die unbedeckte Haut meiner Arme und Beine wurde kalt vom kühlen Glas und ich stützte mich nach vorn, um einen Schritt zu nehmen und er ließ mich.

Alles hier war viel zu überwältigend.

Der petrolblaue Himmel mit Mond und vereinzelten Sternen tauchte alles in silbriges Dämmerlicht und doch sah ich alles fast zu klar, jede Grenze und Form so klar umrissen, dass sie mich fast bedrängten in ihrer Klarheit und ich atmete tief die Luft des Petrolblaus, sog sie in meine Lungen.

Und dann ließ ich ihn zurück und schlenderte selbstvergessen auf das Schwimmbad zu, den ganzen, langen Weg durch abendkühles Gras, von einer lauen Brise bewegt.

Die Lampen leuchteten mir den Weg, bis ich bemerkte, dass auch das Schwimmbad von innen, unter Wasser, beleuchtet war. Das Wasser oben warf so regelmäßige kleine Kreise und Bewegungen, die in Schlangenlinien über seine Oberfläche zogen und ich setzte mich nieder, so, dass meine Füße im Mondlichtwasser baumelten und ich es nun selbst bewegte, so regelmäßig in symmetrischen Schlaufen.

Dass ich gänzlich von dem wunderschönen Wasser eingenommen war, bemerkte ich erst, als er auf der gegenüberliegenden Seite des Schwimmbades erschien und elegant hineinsprang und sich mir durch das schimmernde Wasser näherte.

Ein Lächeln stahl sich unweigerlich zurück auf meine Lippen und ich legte amüsiert den Kopf schief, als er wenige Zentimeter von mir entfernt im Wasser anhielt.

Durch das sonderbare Petrolblau sah ich vollkommen klar sein ironisches Grinsen, fast unverschämt, wie sich die Freude in seinen Augen spiegelte und in Funken zu mir hinüberzutropfen schien und ich fing einen der Tropfen auf und verwahrte ihn sogleich sicher in meinem eingerosteten Herzen, um ihm Raum zu geben.

Er wartete nicht lange und berührte mit seinen Fingerspitzen sanft meine Knie und ich ließ mich in das silbrig schimmernde Wasser des Schwimmbades ziehen und nur einen Augenblick, bevor ich mit ihm zusammen unterging, stahlen sich wenige verlorene Worte über meine geschwollenen Lippen:

„Es ist alles viel zu schön.“

Turmalin – 5. Teil

Ich stieg aus dem Wagen, ging langsam auf das Konzerthaus zu.

Die Dämmerung machte es unmöglich, mehr als bloße Schemen des Gebäudes und des umliegenden Parks zu erkennen.

Doch ich kannte diesen Ort besser als mein eigenes Zuhause; vielleicht war gerade dies mein Zuhause, nicht das dunkle, verlassene Appartement meiner Eltern.

Stille herrschte um mich herum, ich vernahm meine Schritte unnatürlich laut auf dem Kies. „Turmalin?“, rief ich, sah mich um.

Als ich keine Antwort erhielt, verstand ich endlich, wo ich sie finden würde.

Ich umrundete das Konzerthaus und fand mich nach einigen unebenen Schritten über Gras neben der Bank wieder, auf die Turmalin mich gelegt hatte, nachdem sie mich damals bewusstlos gefunden hatte.

Der Platz, an dem alles begonnen hatte.

Sie saß auf der Bank, ihr strahlend blondes Haar lose und ungebändigt; sie trug Schwarz von Kopf bis Fuß.

„Du hast mich gefunden“, sagte sie, ihre schöne, helle Stimme seltsam hohl und rau.

„Schwer war es nicht.“

„Nein, viel zu einfach. Ich hätte nicht hierherkommen sollen. Es macht alles nur noch schwerer.“ Mit diesen Worten stand sie auf und kam auf mich zu, bis uns nur wenige Zentimeter trennten.

„Du ... hast ihn“, ich schluckte, „getötet, oder?“ Sie sah mich an, ihre Augen leer und dunkel.

„Ja.“

Ich nickte, versuchte zu verstehen, was ich nicht verstehen konnte. Dieses Mädchen vor mir, diese Vision aus Licht, die mein Leben gerettet hatte, hatte ein anderes ... genommen.

„Willst du nicht wissen, warum?“, fragte sie mit dieser ungewohnten, fremden, hohlen Stimme.

„Ich weiß es bereits. Er hat dich gequält und gedemütigt.“

Schock trat in ihre schönen Augen und sie wich vor mir zurück.

„Woher ... wie?“

„Ich erkenne eine verletzte Frau, wenn ich eine sehe, Turmalin.“

Sie schluckte, starrte mich an, sah auf den Boden und ich erkannte Tränen in ihrem Blick, doch als sie mich wieder ansah, war ihr Blick kalt und leer.

Irgendetwas lief falsch. Irgendetwas an dieser Szene stimmte nicht ...

„Und willst du auch wissen, wie es war? Wie es war, diesem Widerling eine Kugel in den Kopf zu schießen?“, fragte sie ungewohnt herausfordernd. Ich wusste, dass all dies nur Täuschung war. Das war nicht das Mädchen, das ich kannte.

Ich schwieg nur.

„Ich habe gar nichts gefühlt, absolut gar nichts. Kannst du dir das vorstellen, Vegard, einfach nichts, es war alles leer in meinem Kopf. Mein Herz war still für diesen einen Augenblick, weil ich einfach nichts gefühlt habe.“

Ihre Stimme war lauter geworden und sie schwankte.

Ich atmete ein.

„Er hat dich ... zu sehr ...“

„Aber Vegard!“, rief sie. „Ich habe einen Menschen getötet und nichts gefühlt!“

Sie starrte mich an, kam auf mich zu und berührte meine Schulter, als wollte sie bewirken, dass ihre Worte sich tief in mein Gedächtnis brannten und eine schwarze Narbe hinterließen, eine Erinnerung an ihre Grausamkeit, eine Grausamkeit, die es nicht gab.

Ich sah auf ihre zarte Hand herab und antwortete, heftig atmend: „Er hat kein einziges Gefühl verdient, Turmalin, keines, nichts. Er verdient nichts!“

Sie nickte und der leere, dunkle Ausdruck wich langsam aus dem funkelnden Waldgrün ihrer Augen.

Sie stellte sich auf die Zehenspitzen und flüsterte in mein Ohr, sich an meinem Arm festhaltend: „Aber du hast sie alle verdient, Vegard, alles, was ich habe. Doch ich habe nichts mehr.“

Und dann hallte ein Schuss durch die dunkle Nacht, die um uns gefallen war.

Der erste Schuss.

Sirenen erklangen, von weit entfernt, blaue Lichter erhellten das Dunkel um uns. Doch alles noch von fern, wir hatten noch Zeit.

„Sie kommen, um mich zu suchen", flüsterte Turmalin und die Angst in ihrer Stimme traf mich tief.

Sie drehte sich herum und rannte, mich fest an der Hand, in das unwegsame Dunkel hinein, das vor uns lag.

Der zweite Schuss.

Wir passierten das Konzerthaus, Schüsse knallten, blaue Lichtfeuer verfehlten uns.

Wir liefen über zersplittertes Glas, die unzähligen Scherben klirrten unnatürlich laut unter unseren Füßen, als sie mich weiterzog. Ich spürte, wie sich die Sehnen in ihren zarten Händen anspannten, während sie meine Finger fest umschlossen und ich doch ihren Griff nicht fühlen konnte. Die Dunkelheit, die um uns gefallen war, die weit entfernten Lichter, die Sterne weit über uns, die Schemen ihres feengleichen Körpers vor mir, scharf umrahmt – meine Augen nahmen zu viel auf einmal wahr, mein Kopf wusste nicht, wohin er sich wenden sollte und ich fiel.

Ich rutschte über die böse im Sternenlicht glitzernden Scherben, schlitterte, verlor meinen unsicheren Halt auf dem dreckigen Boden. Dann fing etwas mich auf. Sie stützte mich mit ihren Händen. Meine Lungen fingen zu schreien an, als ich einen langen, tiefen Schnitt auf ihrem Arm sah. Die schöne, feine Haut, auf der meine Berührungen noch immer lagen wie eingebrannt, verletzt durch all die Scherben.

Doch sie sprach leise meinen Namen aus, der aus ihrem Mund gewispert wie der reinste Zauber klang. Meine Lungen schwiegen und wir rannten weiter, sie vor mir, ihre Hand in der meinen, die blutigen Striemen an ihrem Arm glänzend betont im grotesken Licht der entfernten Sterne. Unsere Schritte hallten nicht länger, sie wurden gedämpft von kühlem Gras, Nachtgras, das weicher schien als Federn, als Haut, als Haar, als alles, was ich je gespürt hatte.

Ich merkte nicht, wie wir langsamer wurden, doch irgendwann, nach schier endlosem Rennen unter den erbarmungslosen Sternen gaben meine Knie nach und ich sank zu Boden, meine Hand noch immer sicher in der ihren. Ich musste sie mit mir nach unten gerissen haben, denn sie war neben mir, ganz nah.

„Nein, nein, nein!", rief sie, ihre Stimme war hysterisch. „Bitte, Vegard! Wir müssen weg von hier, Vegard, bitte!" Sie versuchte mich aufzusetzen. Ihre schönen Hände zitterten.

„Ich ... kann nicht", vernahm ich mich flüstern, mein ganzer Körper schmerzte und ich sah auf einmal, wie Blut aus den Wunden in meinen Beinen trat, die die Scherben hinterlassen hatten.

„Ich weiß", sagte sie, hielt mich fest und strich mit sanften Fingern über mein blutendes Gesicht. Es wurde immer kälter; meine Sicht verschwamm.

„Nein, nein, Vegard, bleib bei mir!" Ihre Stimme klang so flehend, dass es mir wehtat. Ich klammerte mich an sie und an mein Bewusstsein.

„Ich kann nicht hierbleiben", flüsterte sie dann und ich sah, wie Tränen ihre schönen dunkelgrünen Augen füllten, jenes tiefe Grün, das das Erste gewesen war, was ich von ihr gesehen hatte.

Und obwohl alles in mir immer kälter wurde und die Grenzen langsam verschwammen, wusste ich, was sie damit meinte. Und mein Herz setzte aus.

„Nein!", antwortete ich, so fest ich konnte. „Nein, du kannst aber nicht gehen!" Jedes Wort von mir so langsam, so zäh aus tauben Lippen.

Sie hielt mein Gesicht in beiden Händen, ihr helles Mondlichthaar strich über meine Brust, Tränen bedeckten ihre Wangen.

„Dieser Ort hier, genau hier, ist der, an dem alles begonnen hat. Vielleicht sollte es auch der sein, an dem alles endet."

„Nein!" Ich rief es heraus, auch wenn ich husten musste und meine Sicht weiter verschwamm.

Sie weinte und dann küsste sie mich. Dann löste sich der Griff ihrer zarten Hände und ich lag im kühlen Gras.

„Vergiss mich nicht, Vegard."

Ihre Worte wie ein Zauber, ihre schönen Augen mit all den Tränen schwebten über mir. Sie waren das Letzte, was ich sah, bevor die Nacht mich mit sich zog.

Epilog

Wir zusammen können für immer ein schwarzer, krächzender Rabe sein, ein edles Tier, auf dem Schulhof sitzen, dort, wo jedes Kind gern an unserer Stelle wäre – wären nicht die Würmer und die Fliegen und die Mäuse.

Dank

Vor allem anderen zurück zum Anfang:
Mein tiefster Dank gilt jedem einzelnen, der nun dieses Buch in seinen Händen hält.
In jeder Zeile steckt mein Herzblut, das nur dank Ihnen und euch greifbar geworden ist. Danke, danke, danke!
Dann möchte ich allen beim Papierfresserchens MTM-Verlag dafür danken, dass sie an mein Manuskript geglaubt haben. Sie haben meinen großen Traum wahr werden lassen. Danke! Und danke Carina! :)
Und zuletzt danke ich allen Musikern, die mich stets beim Schreiben begleiten. Es sind so viele, da gibt es noch mal eine gesonderte Playlist. Aber eines vorab: Jamie Woons „Night Air“ ist Vegards Herzschlag und der Funke, den ich brauchte. Danke!
Ich hoffe, dass wir uns alle bei Buch 2 wieder treffen!
Nur noch eins, das muss ich einfach noch schreiben: Nein, meine Deutschlehrer mochten mich nicht. ;)
Bis bald!

Die Autorin

Ronja Potstawa wurde 1993 geboren und lebt im Markgräflerland.

Nach dem Abitur in Freiburg studierte sie bis 2014 Englisch, Norwegisch und Schwedisch in Strasbourg. Seither macht sie ein Praktikum bei einer Kosmetikfirma in den Bereichen Verkauf und Marketing und Logistik.

Geschrieben hat sie schon immer. Und irgendwann haben sich ihre Geschichten dann alle zusammengefügt zu einem großen Ganzen.

Printed in Poland
by Amazon Fulfillment
Poland Sp. z o.o., Wrocław

70685889R00059